「なんだよ、俺は犬と同レベルかよ」
そう言って、頬をわざとベロリと嘗め上げた。
そしてそのまま再び唇を重ねる。
遊ぶように触れるだけのキスを繰り返したあと、
再び侵入してきた舌が和弥の舌を絡め取った。
クチュッと唾液の音が聞こえ、和弥の体に震えが走る。

無自覚なフォトジェニック

松幸かほ

Kaho Matsuyuki

ILLUSTRATION
タカツキノボル

Noboru Takatsuki

ARLES NOVELS

この物語はフィクションであり、実在の人物・団体・事件等とは、いっさい関係ありません。

Contents

無自覚なフォトジェニック

1

スタジオの中はシャッターを切る音と、ストロボの音が鳴り響いていた。

「ねぇ、センセ、前に『OZONE』があったとこ、新しいお店に変わったの知ってる？」

深い青のスクリーンをバックに撮影をされていたモデルの若い男が不意に口を開いた。

「あぁ」

ファインダーを覗《のぞ》きながら、南雲僚司《なぐもりょうじ》が答える。

「気のない返事ぃ」

「どうせ、仕事終わったら連れてけって言うんだろ？　仕事中に遊ぶことばっか考えてんじゃねえよ。ほら、シャツの前もっと開けろ」

笑いながら僚司が言うのにモデルは唇を尖らせる。

「連れてってくれるんなら言うこと聞いたげる」

「そうやっておまえがゴネればゴネるだけ、遊びに行く時間が減るんだぞ？」

そう言う間も僚司はシャッターを切り続けた。

「ってことは、連れてってくれるんだ」

モデルは嬉《うれ》しそうに言うと、纏《まと》っているシャツの前を思わせ振りにはだける。

「俺も久しぶりに遊びたいからな」

二人のやり取りを聞きながら、高崎和弥《たかさきかずや》は僚司の動きを注意深く見つめた。

そして僚司のちょっとした動きを見ただけで和弥は近づき、フィルムを交換しておいたカメラを差し出し、今まで僚司が使っていたカメラを代わりに受け取る。

「和弥ちゃん、相変わらず古風な日本女性みたいだねぇ。三つ指ついていってらっしゃいませ、な感じ」

その様子を見ていたモデルが感心したように言った。

「八カ月かかってようやくここまで……って、和弥！　てめぇ！」

交換したカメラのファインダーを少し覗いて、僚司は即座に和弥を怒鳴りつけた。

「いつになったら俺のベストな露出を覚えんだ？　あぁ？」

「すみません！」

「まったく、てめぇは明るすぎたり暗すぎたり、中間ってモンがないんだよ」

ブツブツ文句を言いながら僚司は露出補正をやり直す。

「センセーの基準が厳しすぎるんじゃないのぉ？　ちょっとの差でしょ、どーせ」

モデルが笑いながら言うのに、僚司は再びシャッターを切りながら答えた。

「そのちょっとの差で、作品が全然違ってくる。そういう厳しい世界なんだよ。おまえだって最高に綺麗に撮ってほしいだろうが」

「だからセンセーと仕事してるんじゃん。センセーなら、最高に綺麗に撮ってくれるからね」

　僚司はこれまで各種の賞を総なめにし、天才の名をほしいままにするフォトグラファーだ。和弥が彼の弟子になってもうすぐ八カ月になる。

　歴代の弟子が一カ月ともたず、最短一日でやめていったなか、八カ月という期間は最早《もはや》奇跡とまで言われている。

　それほどまでに弟子がもたない理由は、僚司が厳しいことに加え、かなりの我儘《わがまま》だというところにある。いや、我儘というよりも横暴なのだ。

　仕事場でのアシスタントはもちろん、スケジュールの管理や、スタジオの手配、撮影現場が遠方ならホテルの手配や交通機関の調整といったものも和弥がすべてやっている。

　それだけなら、たいして珍しくもない話だ。

　だが、そこに『掃除・洗濯・食事の準備』といった僚司の身の回りの世話を含んだ家事がもれなくついてくるのである。

　そして恐ろしいことに、家事の方が仕事のアシスタントという本来の役割よりもウエートを占めることが多いのだ。

　家事までやらされたあげく、仕事現場では厳しく怒鳴られ、弟子だというのに教えてもらうこともままならない、とあっては弟子が長続きしないのも当然といえた。

「じゃあ、和弥、おまえ片付けとけよ」

スタジオから僚司の家に戻ると、僚司は荷物の片付けをすべて和弥に押しつけて自分はさっきまで仕事をしていたモデルと遊びに出掛けてしまった。

「いってらっしゃい」

和弥はそう言って僚司を送り出したものの、一人になった玄関先で思わずため息をついた。

僚司はもてる。

天才フォトグラファーという肩書だけでも近づいてくる人間は多いが、何より一番の理由は僚司の優れた容貌だろう。

一八〇を優に超す長身と、自身が被写体になった方がいいんじゃないかと思うほど整った顔立ち。

傲岸不遜《ごうがんふそん》という態度さえサマになる、そんな男だ。

――だからモテるのは仕方ないっていうか当然だと思うよ……格好いいし、お金持ちだし。

ただ『来る者は拒まず』で、二股《ふたまた》や三股が当たり前なのはどうかと思う。

ついでに、男女問わずなところも。

今一緒に出て行ったモデルとも、確かめたことはないがそういう関係なんだろうと思う。

「せめて、女の人にしか興味ないって……そういうんじゃないと、困る」

ポツンと和弥は呟《つぶや》いた。

そう、本当に困る。

そうじゃないと、少しは自分にも望みはあるかな、なんて持ってはいけない期待をしてしまうから。

ずっとずっと憧《あこが》れていた僚司への思いが、いつの間にか憧れを行き過ぎてしまっている自覚は十分ある。

初めて僚司の写真を見たのは高校一年の時だった。

部活動が必修で、でも面倒だからと幽霊部員の宝庫だった写真部に入部をした。

夏休みまで、部活に出たのは三度だけ。

その三度ともしたのは部室の掃除だけで、その三度目に毎月部費で購入している写真雑誌を気まぐれにめくって——その中の一枚に目が引き寄せられた。

鮮やかな新緑と深く青い空、そして空の青さを映し取った湖。

胸が痛くなるほど、綺麗だと思った。

その写真を撮ったのが僚司だった。

『こんな写真を自分でも撮ってみたい』

そう思って、和弥は真剣に部活に出るようになり、高校を出たあと二年間地元の会社で働いてお金をためて上京し、写真の専門学校に通った。

最初は純粋に『僚司の撮る写真』が好きだっただけなのに、気がつけば僚司自身を好きになっていて。

僚司がアシスタントを募集していると聞いたのは、専門学校を卒業して半年が過ぎた頃だった。

専門学校時代の恩師が、写真に関係のないアルバイトで生活を支えていた和弥を気にかけて、面接の段取りまでしてくれていたのだ。

初めて本物の僚司と会ったのはその面接の時。

インタビューの写真なんかで見るよりもはるかに格好いい僚司に、頭が沸騰しそうだった。

——でも、まさか自分が合格するなんて思わなかったんだよな……。

面接は僚司の時間の関係で一対一ではなく、他にも応募していた三人と一緒だった。

その時の面接での僚司の和弥への様子はあまりいいものではなかった。

特に、

『俺の写真で、一番好きなのってどれ？』

そう聞かれた時、他の三人が大きな賞を取った作品や、評価の高いＣＭフォトをあげる中、和弥は迷わずにあの写真のタイトルを言った。

それに対する僚司の反応は、

『なんだそれ？　俺の写真かよ？』

というほぼ最悪のもので、そのあとも和弥への返事は物凄《ものすご》く素っ気なかった。

それなのに、面接に合格したのは和弥で。

これから憧れの——いや、好きな人のそばにいられるんだと思うと嬉しくて、嬉しくて。

「まっさか、ここまでお淫《みだ》ら三昧《ざんまい》だとは思わなかったけどさ」

ため息を一つついて、和弥は片付けを始めた。

僚司のところで働き始めて最初に驚いたのは、やっぱり素晴らしく自由な恋愛感覚だ。

今では慣れたものの、目の前で鉢合わせした女三人が修羅場を演じてくれた時には死ぬほど驚いた。

そして仲裁に入ろうとして巻き込まれ——その様子をおもしろそうに僚司は眺めていて。

あの時は正直、一日でやめた弟子がいたのも、分かる気がした。

それでも僚司のことが好きだから、たちが悪いと自分で思う。

僚司の目が自分に向くなんて有り得ないけれど、それでもそばにいられるだけで嬉しい。

だから、仕事だけはちゃんとしようとそう思うけれど、相変わらず怒られることばっかりだ。

「まぁ、その回数も減ってきたし、頑張ろ」

和弥はそう言って、気合を入れ直すように両手で両頬《りょうほお》をパン、と叩《たた》くと片付けに取り掛かった。

◇◆◇

翌日も朝からスタジオで撮影だった。

朝イチの仕事は、今一番売れているファッション雑誌の表紙だった。去年、二度ほどその雑誌の表紙を撮ったのだが、僚司が撮影した号は売れ行きが違ったらしい。

そのため今年一年は僚司が手掛けることになった。

その撮影を終えると、次に待っていたのが若手ミュージシャンのマキシシングルのジャケット撮影で、そして最後が女性向けブランドのカタログ撮影だった。

「まったく……なんでこんなに仕事つめて入れるんだよ」

文句を言いながら、僚司がシャッターを切っていく。

「さっきのお仕事は俺がいない時に先生が勝手に入れたんじゃないですか。返事はちゃんとスケジュール表見てからにして下さいって言ってるのに」

仕事の依頼などは基本的に僚司の自宅の電話か和弥の携帯、ＰＣの方にメールで入れてもらうようにしてある。

毎日それをチェックし、僚司にお伺いを立ててから和弥が段取りを組むのだ。

だが、時々、和弥が段取りを組んだあと、直接僚司に連絡を取って仕事を依頼してくる人物もいて、僚司もそれを無計画に受けてしまうことが多い。

そのしわよせがどこにくるのかといえば、まずはスケジュールを調整し直す和弥に来て、次に実際に仕事をする僚司、そして最後に八つ当たりされる和弥に戻ってくる。

「反抗することを覚えやがって……ムカツク」

最初の頃は、そんな僚司の言葉にいちいち傷ついて、嫌われたらどうしよう、と思っていたのだが、八つ当たりまでがワンセットだと気づいた今では平気だ。

そしてそんな二人のやり取りを、日本語を覚え始めた外国人モデルたちが笑いながら聞いている。

その時、スタジオの扉が開き中へ二人の男が入ってきた。

その気配に振り向いた和弥は、そこに立つ人物に笑顔を浮かべた。

「あ……日高《ひだか》先生、それに宮内《みやうち》さん」

そこにいたのは僚司と同期のフォトグラファー・日高博幸《ひろゆき》とスタイリストの宮内享《とおる》だった。

「和弥くん、今日も頑張ってるね」

日高が穏やかな笑みを浮かべながら言う。

日高とは僚司の弟子になってすぐの頃に初めて会った。

僚司のように名前が表立つ仕事はしていないが、街中や雑誌でふと目を引く写真があると、それはかなりの確率で日高のものだったりする。

業界には『日高以外に写真は撮らせない』という人物がいるほどで、僚司も日高には一目置いていた。

だが、僚司のような傲慢《ごうまん》さは微塵《みじん》もなく、和弥にも気を使って優しく言葉をかけてくれたりする。

それだけが理由ではないが、和弥は僚司に対してのものとはまったく別の意味で、日高のことが好きだった。

「日高先生もここのスタジオでお仕事だったんですか？」

「うん、さっき終わったけれどね。今日は朝からだって？」

「そうなんです。これが最後の仕事……」

和弥が日高に説明しようとした時、

「和弥、遊んでないで仕事しろ！　右のライトもっと強く」

僚司の怒声が飛んだ。

「あ、はい」

その声に和弥は慌てて指示を出されたライトの明かりを強くする。

「相変わらずこき使ってるな」

その様子に苦笑を浮かべながら、日高は僚司に声をかけた。

「仕事中なんだ、当たり前だろうが」

「それ以外でもこき使ってるだろう」

「あんまり使えねぇけどな……」

鼻で笑うように言って何枚か撮ったあと、僚司は休憩を入れた。

タバコを探して胸ポケットを探す僚司の仕草に、和弥は慌てて近づきタバコを渡す。

「和弥くんは、本当によく南雲さんのことを見てるね」

そう言ったのは、宮内だった。

「見てるだけならガキでもできるぞ」

意地悪く言いながら、僚司はタバコに火をつける。それに宮内はおかしそうに少し笑った。

「絶対に和弥くんのこと褒めないんだから」

「褒めどころがねぇよ。そんで、日高、何の用だよ」

僚司の言葉に日高は思い出したように言った。

「いや、おまえに用事があったわけじゃないんだ」

「あぁ？」

「和弥くんにね」

「俺ですか？」

不思議そうに首を傾《かし》げた和弥に日高は微笑みながら手にしていた本と、それから色紙を差し出した。

「長谷川《はせがわ》ゆかりのサイン」

そう言われて和弥は目を大きく見開いた。

「え……本当ですか！　うわ…凄い嬉しい」

「それから、この前出た俺の写真集。時間があったら見て」

そう言う日高に和弥は満面の笑みを浮かべた。

「ありがとうございます。この前、本屋で並んでるの見て欲しかったんですけど、持ち合わせがなくて、今月の給料が出たら買おうって思ってて……」

そう喜ぶ和弥に、僚司がおもしろくなさそうな顔をする。

「なんか給料が安いって遠回しに表現したか、今？」

それに和弥は慌てて頭を横に振った。

「ち、違います！　今月、ちょっと無駄遣いしちゃったから、それで」

決して僚司からもらっている給料が安いわけではない。安いどころか、十分すぎる額をもらっている。

ただ、今月は父親の誕生日があったので、少し大盤振る舞いをしてしまい金欠になってしまったのだ。

「まぁ、足りないって言われても給料を上げてやる気はサラサラないけどな。それにしても長谷川ゆかりって、随分と年増《としま》好みだな、おまえ。もう六十近いだろ」

僚司の言う通り、長谷川ゆかりは今年で六十になる女優だ。さすがに手入れが行き届いているだけあって六十には見えないが、それでも和弥がファンだと言うには随分と年上すぎる。

「俺じゃなくて、俺の母親がファンなんです。本当にありがとうございます。母も凄く喜びます」

感動しきりの和弥に、日高は少し首を横に振った。

「お礼は享に言ってやって。享がこの前仕事で会った時もらってきてくれたんだ」

それに和弥は宮内に頭を下げた。

「ありがとうございます！」

「ううん、こっちこそ。この前はおいしいさくらんぼいっぱいいただいちゃって。お母さんによろしく伝えてね」

宮内のその言葉に僚司が眉《まゆ》を寄せる。

「さくらんぼ？　なんだそれ。俺、知らねぇぞ」

言外に『俺の分はどうした』と僚司は告げていた。

「だって先生、果物はあんまり食べないじゃないですか。前のリンゴだって結局いっぱい腐らせちゃったし」

和弥の実家は果樹園を営んでいて、リンゴとさくらんぼ、それから販売用ではないがプラムを育てている。

それぞれの実りの季節には、一人都会にいる息子のために食べきれないほどの果物を送ってくれるのだ。

冬の少し前に送られてきたリンゴは僚司におすそ分けしたのだが、僚司はほとんど食べずに放置し、結局残りは捨てることになってしまった。

長持ちするリンゴでさえ腐らせた僚司だ。いくらも日持ちのしないさくらんぼの行く末など箇単に予想がついた。

だから、日高と宮内にもらってもらったのだ。

「リンゴはいちいち皮を剝《む》くのが面倒なんだよ。おまえが皮を剝いて出せば、腐らせずに済んだんだよ」

それなのに僚司は平然とそんなことを言う。

「凄い王様発言」

そう言って宮内は笑ったが、日高は眉を寄せた。

「僚司、和弥くんはおまえの家政婦じゃないんだぞ」

「おまえに弟子の扱いをとやかく言われる筋合いはねぇよ」

僚司はそう言うとタバコを灰皿の上で揉み消す。

「仕事で使えねぇ分、他のことで穴埋めさせてるだけだ。こっちだって無駄に給料払いたくねぇんだよ」

「おまえがちゃんと教えてやらないからだろう？」

「だから、おまえにとやかく言われたくねぇって言ってんだろ？」

僚司がそこまで言った時、不意に宮内が少し離れたところでしゃべっていたモデルの一人を手招きで呼び寄せた。

何をするのかと見ていると、宮内は近づいた彼女の髪に手を伸ばした。そして、ずれている髪どめを直した。

「このピンが取れちゃうと髪のセットを最初からやり直さないといけないから、撮影が終わるまであまり大きく頭を振ったりしちゃダメだよ」

「ありガト…ございマス」

髪を直してもらったモデルがにっこりと笑顔を浮かべて礼を言う。

「さすが亨だな。誰かと違って細かいとこにまでよく気が回る」

「職業柄、目につくだけだよ」

僚司の言葉に宮内は控えめな笑みを浮かべた。

「亨、おまえこいつのトコやめて俺のトコへ来いよ」

「僕が？」

「日高、和弥をやるからおまえが教えてやれよ、イロイロ。亨みたいに仕事のできる奴のほうが俺だってありがたいからな。交換ってことでどうだよ」

僚司に『使えない』だの『どんくさい』だのと言われるのには慣れている。

慣れているけれど、それはつらくないというわけではなくて、和弥は胸がキリキリと痛むのを感じていた。

そんな和弥の様子に気づいたのかどうかは分からないが、宮内はふっと笑った。

「僕は日高さんの弟子でもなければ、日高さんの下で働いてるわけでもないから、それはムリな話だよね」

宮内は日高と組むことが多いので、日高のアシスタントか専属のように思っている者も多いが、自身の言葉通りフリーのスタイリストだ。

そして、そんなことは僚司も百も承知で、『交換』などと言ったところで全然本気ではないのだ。

「和弥くんだって、最初の頃に比べれば随分と南雲さんの手足になってるじゃない」

「ちょっとはな」

宮内の穏やかな口調に流されたのか、僚司が肯定的な言葉を口にする。だがあまりに控えめな肯定発言に日高が口を挟んだ。

「だから、おまえがもっとちゃんと教えてやればいいんだろ」

「日高、やけに突っ掛かってくるじゃねぇかよ」

「教えもしないで、できないだのなんだの言うからだ」

場の雰囲気が険悪になる。それを断ち切ったのも宮内だった。

「日高さんが思うほど、南雲さんは『悪い先生』じゃないんじゃない？　そうじゃなきゃ、こんなに長く続かないよね、和弥くんも」

宮内がそう話を振ってきて、和弥は一も二もなく頷《うなず》いた。

「はい、先生にはちゃんと教えてもらってます。俺の覚えが悪いだけで……」

「ほら、見ろ。教えることはちゃんと教えてんだよ」

和弥の言葉に、僚司はふんぞりかえってそう言う。

その僚司と和弥の顔を交互に見比べて、日高は小さく息を吐いた。

「和弥くん、分からないことがあったら南雲に分かるまで聞かないと駄目だよ。こいつは面倒臭がって教えようとしないことが多いから」

「たまに会うだけの奴が甘やかしてんじゃねぇよ。ヒトを悪者扱いしやがって」

「甘やかしてるわけじゃなくて、普通に接してるんだ」

再び空気が険悪な雰囲気を帯びる。

二人は確かに同期でライバルだが、仲が悪いなどという話は今まで聞いたことがなかった。だが、最近の様子からは仲がいいようには思えない。

「あの、俺ちゃんと教えてもらってますから……。先生もよっぽど忙しい時以外は俺に時間割いてくれてるし……」

そう僚司をフォローした和弥を、

「もう……和弥クン、健気《けなげ》。チョーCUTE！」

さっき宮内に髪どめを直してもらったモデルが和弥をギュッと抱き締める。

それを見ていた他のモデルが、

「エレナ、ズルい！」

わらわらと集まり出して和弥を取り囲んだ。

「和弥クン、小さい、可愛い、癒《いや》シ系♥」

「和弥クンみたいに小さくテ可愛いお嫁サン欲しいー」

口々に言いながら、和弥を取り合うように横から後ろから手が伸びてくる。

和弥は気配りができるので、モデルたちからは物凄く好かれている。だが、

「俺は別に小さくないってば！」

小さいと言われて、和弥はその部分に反論した。

「小さいヨ。わたしたちより小さいじゃナイ」

「みんなが大きいの！　俺、一七五あるんだから」

その和弥の言葉を僚司が鼻で笑う。

「一七五ったら、俺の中学時代と同じじゃねぇか。日高、おまえは？」

「俺は高校に入った年くらいかな」

「先生や日高先生が日本人男子平均より高いんです。俺は普通ですよ」

一八〇余裕超えの二人に、和弥が唇を尖らせる。その中、黙っていた宮内がおもむろに口を開いた。

「でも、一七五だと僕と一緒だよ？」

その言葉に和弥がマズった、という顔をした。

「え、亨より小さいじゃん、おまえ」

そう言う僚司の顔は、あきらかに『サバよんでるだろ』と言っている。

「……本当は一七二……です」

「うわ、セコっ！　三センチばっかサバよんでんじゃねぇよ。大して変わんねぇんだからよ」

バカにしたような僚司の言葉に、すかさず和弥が反論した。

「どーせ先生たちみたいに十分すぎるくらい背が高いヒトには、俺の気持ちなんか分かんないんですよっ！　三センチを笑うモノは三センチに泣くってくらいの勢いなんですから！」

ほとんど子供のケンカ並みの発言を和弥は炸裂《さくれつ》させる。

「でも一七二にも見えないよね。もう少し小さく見える。やっぱり骨格が華奢《きゃしゃ》だからなのかな」

宮内の言葉通り、和弥は華奢だ。ついでに言えば女顔で、余計に小さく見えてしまう。

そのことを和弥は気にしていて、だからつい身長もサバをよんでしまうのだ。

宮内も男臭いという顔ではないし、細身で、和弥と同系統といえば同系統なのだが、和弥のように『小さく』は見えない。

「バランスが取れてるから、それでいいと思うけどね。和弥くんの体の上に僚司の顔が乗っかってても変だし、逆に僚司の体の上に和弥くんの顔が乗っかってても変だから」

慰めるというような口調ではなく、純粋な感想として日高が言った。

「あー、そりゃ確かにキモチ悪いな。ライオンの体の上にバンビの顔が乗ってるようなもんだ。

名付けてバンビオン」

僚司の例え通りの動物を、恐らく全員が想像したのだろう。脳裏に浮かんだシュールな動物に誰もが一瞬無口になった。

言い出した当の本人でさえ、その生物学的にかなり間違ったシュールさに口を閉ざしてしまう有り様だ。

「……さ、そろそろ休憩切り上げるか」

だが、その責任を取るかのように僚司がおもむろに言って、沈黙を断ち切った。

「ああ、長居して悪かったな、お先に」

日高がそう言うのに、お疲れ、とだけ返して僚司はモデルたちをスタンバイさせ、撮影を再開させる。

だが、しばらくの間スタジオの中はバンビオンの呪《のろ》いで奇妙な空気が流れ続けたのだった。

2

バンビオンの呪いから、数日。

久しぶりのオフを翌日に控えたその日は珍しく仕事が早くに終わり、二人は夕方には僚司の家に戻っていた。

都内の閑静な住宅街にある僚司の家は、二年前に有名な建築デザイナーの設計で建てられた地上二階地下一階の一戸建てで、僚司の要望のすべてがかなえられている家である。

収納はすべて作り付けで、余計な家具が一切ない。

一階はパーティーが余裕でひらける巨大なリビングと、パーティーの際にはプロのシェフが存分に働くことのできるキッチン、その他水回りと客間が二つずつある。

二階は完全な僚司のプライベートゾーンになっていて、寝室と仕事の資料や機材を直すための部屋と、使っていない部屋が二つ、さらに二階にもバスルームがあった。

そして地下一階にはワインセラーと、撮影用のスタジオ、そして暗室がある。

暗室は現像のためにしょっちゅう使うのだが、スタジオの方は和弥が弟子入りしてから二度しか使われていない。

その二度とも仕事ではなくて、僚司の姪《めい》っこの七五三《しちごさん》と、甥《おい》っこの小学校入学の記念撮影だった。

つまり、僚司が一人で住むには広すぎるとしかいいようのない、そして掃除をする和弥が非常に大変な家なのだ。

「先生、俺、洗濯物を入れてきますね」

僚司にコーヒーを出しながら、和弥は言った。

言っておかないと、和弥がいる時間は電話が鳴っても僚司は出ようとしないからだ。

「おまえさ、なんで乾燥機使わないわけ？」

僚司が訝《いぶか》しげな顔で聞く。それに和弥は即答した。

「もったいないから」

「もったいないって、しみったれたこと言ってんじゃねぇよ。乾燥機ごときの電気代ケチってどうすんだよ」

その僚司の言葉に和弥はちょっと笑って首を横に振った。

「電気代がもったいないんじゃないですよ。今日みたいに天気がいいのに、外に干さないのがもったいないんです。布団だってふかふかになるし……」

「日向《ひなた》臭いっつーの。俺様自慢のルーフバルコニーに洗濯物がはためいてるって情けない光景だぜ」

「その自慢のルーフバルコニーに先生が出ることなんか滅多にないじゃないですか。それに太陽の光には殺菌作用があるからいいんですよ。とくに先生のリネン類はいろんな菌に汚染されてそうじゃないですか」

暗に恋人を連れ込んでコトを致して下さることをチクリと言うと、僚司は少しムっとしたような顔をした。

「さっさと行けよ」

「はい。電話、お願いしますね」

そう言い残して和弥は屋上へと向かった。

広々としたルーフバルコニーは見晴らしがいい。

僚司の家の中で和弥が一番好きな場所だ。

夏になったらここにテーブルを出して夕食を食べるのも楽しいだろうと思う。もっとも僚司が面倒臭がりそうだが。

とにかく僚司はいろんなことを面倒がる。

家でパーティーをすれば帰る心配をしなくていいから、という理由で広々としたスペースを取ったリビングだが、そこでパーティーをしたのは一度だけらしい。

その理由も、後片付けが面倒だったから、だ。

もともと僚司はホームパーティーなんかをするようなタイプではないのだ。もっともな理由だった。

――本当『面倒臭がり』の一言で先生の性格の八割くらいは表現できるよな。

あとの二割には『我儘』とか『強引』なんかが当てはまるわけで、そう考えると僚司のいいところはあまりないような気がする。

それでも、和弥は僚司のことが好きなのだ。

元々が、尊敬から始まった感情だからかもしれないのだが、それだけに感情が複雑に入り交じって、キツいことを言われても嫌いになったりということができない。

そばで仕事ができるだけでもいいと、そんな風に思ってしまう。

そんな自分を凄く女々しいと思うけれど、どうしようもなかった。


洗濯物を取り込み、すべてを片付けてリビングに降りてくると僚司はソファーに深く腰かけてDVDを見ていた。

モノクロの画面に映っているのはかなり昔のハリウッド女優らしいということだけは分かるのだが、それが誰で、何の映画なのかは和弥には分からない。

何を見ているのか聞こうかとも思ったが、見ている邪魔になるのもためらわれて、和弥は事務仕事を片付けにリビングを出ようとした。

その和弥を不意に僚司が呼び止めた。

「おい、和弥」

「はい」

夕食の準備をしろとでもいうのか、と振り返ると僚司は画面に目を向けたままで言った。

「写真、見てやるから何枚か持ってこい」

「え……？」

それはかなり意外だった。

普段、忙しすぎることもあって僚司から写真を見てやる、と言ってくれることはほとんどない。だから、あらかじめ見てほしいものを現像しておいて、ちょっとした空き時間などに見てもらうのだ。

「『え？』じゃねぇよ。さっさとしろ」

画面に向けていた目を和弥へとやり、僚司はせかすように言った。

だが、僚司が忙しかったということは、当然和弥も忙しかったということで……。

「あの、現像まだできてなくて」

『なんだと、テメェ、ふざけんな！　やる気がねぇのか！』……くらいの罵倒《ばとう》を覚悟して、和弥が恐る恐る言うと、僚司はただ苦笑した。

「現像してこい」

意外どころではない返事に和弥は目を見開く。

「いいんですか？　せっかくゆっくりしてるのに」

「こんな時でもなけりゃ、ゆっくり見てもやれねぇだろ。ほら、さっさと行け」

僚司はそう言うと再び画面に目を戻した。

和弥は驚きを隠せないまま、それでもこのチャンスを逃しては、と急いで地下の現像室へと向かった。

『現像』というと、実際にはネガ現像を経てプリントという手順がある。

ドラマなどでよく見る、赤いランプのついた部屋で、バットに入れた薬品の中で紙をユラユラさせて画像を浮き上がらせていく作業はプリントのほうだ。

和弥はその前の段階、ネガをプリントできる状態にするところから始めなくてはならない。

——先生が待ってるんだから、早く作業しなきゃ……。

そんな風に思いながら、和弥は手順通りに現像を始めた。

そして、プリント作業に移ろうとした時、暗室の外から僚司が声をかけてきた。

「和弥、俺ちょっと出てくる」

「え？」

僚司の言葉に、和弥の口から思わず『どうして？』と非難めいた感じの声が出る。

それが聞こえたのか、僚司は少し申し訳なさそうな声で続けた。

「一時間か二時間くらいで戻るから、帰るまで待ってろ」

「分かりました、気をつけて」

和弥はドア越しにそう言って僚司を送り出す。

それに、悪いな、と返す声が聞こえ僚司は出て行った。

――今の感じだと、デートってわけじゃないみたいだよね。

印画紙を薬液の中で揺らしながら、和弥はそんなことを思った。

デートなら、和弥に待っていろとは言わない。

今までの経験上、デートだったら『帰ったら見ておいてやるから、プリントしたやつを置いて帰れ』と言うはずだし、二時間で帰ってくるわけがない。

デートではないなら、考えられるのは仕事関係だ。

とにかく僚司に仕事を頼みたいと思っている人間は多い。

そして依頼される仕事は撮影だけではなくて、雑誌のインタビューやテレビ番組・CMの出演までいろいろだ。

――先生、格好いいもんな。テレビとか出たら視聴率とかバンバン取れそうだし……。

そうは思うのだが、僚司自身はテレビなどへの露出を嫌がる。

それにただでさえ本業だけで手一杯だから、付き合い上、どうしても断れないという仕事以外は断っていた。

だからこそ、有名なフォトグラファーだというのに面接の時まで和弥は僚司の顔を知らなかったのだ。

――でも、先生今でさえモテるのに、テレビとかにどんどん出ちゃうようになったらきっともっと大変だよな。

そう思うと、今のままでいいと思う。

だからといって自分がどうこうなるわけじゃないけれど。

「……ちょっと俺、マジで女々しすぎ」

しっかりしろよ、と自分に言い聞かせて和弥はプリントを続けた。

◇◆◇

二時間ほどで帰る、と僚司は確かにそう言ったのに、四時間が経《た》っても帰ってくる気配がなかった。

もっとも、帰宅が予定よりも遅くなることは珍しくない。

デートならそのまま帰ってこないこともあるのだが、今日はデートではないみたいだから帰ってくるのは間違いない。

――仕事の話みたいな感じだったし、長引いてんのかな。

そう思っただけで、特に気にも留めなかった。

ただ、すでに九時近くになっているから、夕食を食べてくるだろうと踏んで、和弥は食事を済ませてしまうことにした。

立派なキッチンなのに僚司が料理をすることはない。

だから初めて和弥が冷蔵庫の中を見た時には、ビールとミネラルウオーター、酒肴《つまみ》になるチーズやハムくらいしか入っていなかった。

だが、今は和弥が朝食や簡単な夜食なんかを作るようになったので、保存性の高い食材が中心に収められている。

「ああ……明日は休みだから、先生が朝食べるものも何かついでに作っておいたほうがいいかな……」

別に放っておいてもデリバリーで何かを頼むだろうと思うし、休みの日の食事まで作れと言われているわけじゃないからする必要もない。

ただ自分が僚司のために作りたいだけなんだと分かっている。けれど、わざわざそれだけを作るんじゃないから、と言い訳をしながら何を作るか考えた。

わざわざ手の込んだものを作ると、恩着せがましいというか重く思われてしまいそうだから、できるだけ簡単なものがいい。

「無難なとこでチャーハンかな。それからサラダと小鉢物をなにか作ればいっか……」

メニューを決めてしまえばあとは早い。

実家にいた頃から母親の手伝いでキッチンに立つことは多かったし、果樹園の繁忙期には母親に代わって食事の用意をしたりもしていた。

東京に出てきてからも食費を安く済ませるために自炊だったし、アルバイトでイタリアンレストランの厨房《ちゅうぼう》にもいたから、料理をするのは苦じゃない。

どちらかといえば好きだと思う。

とはいえ、自分の腕が上手か下手かはよく分からなかった。

自分の味覚と他人の味覚は違うし、和弥の味覚のストライクゾーンは激しく広いので、たいがいの物を『おいしい』と認識してしまう。

だから最初の頃は、外でいろいろとおいしいものを食べて口が肥えている僚司に料理を作るのに、物凄く緊張した。

当の僚司は和弥の作った物に関しては特に何も言わない。残されたことはないからまずくはないんだろうとは思う。

だから、まずくないならいいか、と今は開き直ることにしていた。

順序よく料理を作りながら、ついでに食事をし、明日の朝食用に盛り付けて、後片付けを済ませると十時を回っていた。

それでも僚司は帰って来ない。

「……先生、本当にどうしたんだろ…」

『待ってろ』と言われたものの、さすがにこの時間まで待ち続けているのに何の連絡もないとなるとちょっと困る。

することがあるなら待つのは苦痛ではないが、すでに掃除も洗濯も仕事のスケジュール調整も終わってしまった。

ようするに暇なのだ。

「今夜、帰って来るのかなぁ」

明日がオフだということを考えれば、出先で誰かと会ってそのまま遊びに向かったということも考えられなくもない。

「電話してみよ……」

そう思って僚司の携帯に電話をかけてみたのだが、『おかけになった電話は電波の届かないところにあるか電源が入っておりません』と、合成ボイスが答えるだけだ。

勝手に帰ってあとで怒られるのもバカバカしいし、暇なだけなら別に待っててもいいか、と開き直ることにした。

ソファーに寝転がるような行儀の悪い真似《まね》も、僚司がいないとできる。

「俺のベッドよか寝心地いいなぁ……」

和弥は僚司の家からスクーターで十分のところにある小さなアパートに住んでいる。間取りは1Kで、お風呂やトイレなどを入れてもこのリビングよりはるかに小さい。

だからというわけではないが、家具もほとんどなくて、唯一目立つのはこっちに来て少しした頃にリサイクルショップで格安で手に入れたベッドだ。

だが、格安だっただけあって寝心地はよくない。

おまけにこのところ忙しくてかなり疲れていた。

そのせいか、横になってすぐ和弥はうとうとし始め、そのうち眠ってしまっていた。

そして和弥の眠りを破ったのは、門扉《もんぴ》についているインターホンの音だった。

慌てて跳び起き、和弥はモニターへ急いだ。

門扉を閉めた記憶はないし、仮に閉めていても僚司はロックを外す暗証番号を知っている。

不審に思いながらモニターを見ると、そこにいたのは見知らぬ中年の男と、そしてその男に肩を借りて何とか立っている、という様子の僚司だった。

「先生⁈」

『和弥、出て来いっつの』

その声は、完全に酔っ払いのものだ。

「すみません、すぐに行きます！」

慌ててそう返事をし、和弥は外に出る。

そして門扉を開けると、僚司は突然和弥に抱きついてきた。

「かーずや」

「うわっ、酒くさ……」

ぷんぷんと漂ってくるアルコールの香りに、和弥は顔を顰《しか》めた。

どうやら酒に酔ってタクシーで帰って来たらしい。男は運転手らしく、道路にはハザードランプをつけたタクシーが停車していた。

「すみません、ご迷惑をかけて。あの、料金は……」

「いえいえ、もうお支払いしていただきましたので……」

男は酔っ払いを乗せて来たとは思えないほど、にこやかだ。この分だとかなりの金額を『釣りはいらねぇぜ』と支払ったらしい。

「では、私はこれで」

運転手が一礼すると、僚司が陽気に手を挙げた。

「おう、じゃあな!」

「お世話になりました」

和弥もそう言って軽く会釈で運転手を見送る。そして小さく息を吐いて、千鳥足《ちどりあし》状態の僚司を見た。

「さ、先生、家に入りましょう」

「ていうか、歩けねぇし」

「なら、ここに置いていきますよ」

即座に返した和弥に僚司はムッとした顔になる。

「冷たいヤツだなぁ……『だったら俺が背負ってあげますよ』くらい言えよ」

「物理的に無理なこと言わないで下さい。先生を背負ったら一歩だって前になんか進めませんよ。俺より大きいし、重いんだから」

「努力もしねぇで言うか、フツー」

「努力したって結果は同じです。ほら、肩を貸しますから歩いて下さいってば」

僚司の腕を自分の肩へ回させ、和弥は僚司を支えた。

だが、何歩も行かないうちに僚司は和弥にのしかかってきて、足を動かそうともしない。

「もう……、先生、マジで自分で歩いて下さいよ……重いって」

「歩けねぇって言ってんじゃん、負《お》ぶって」

「だから、無理だって言ってんでしょ……」

そう言っているのに、僚司は和弥の背後から抱きついてきて全体重をかけてくる。

「もー！　重いって…」

文句を言ったところで埒《らち》が明かないので、和弥は仕方なく完全に子泣きじじい状態の僚司を、半ば引きずるようにして玄関へと向かった。

そしてようやく玄関にたどり着いた時には、体力のほとんどを奪われたような状態だった。

僚司はといえば、玄関のフローリングの上に、ダランと寝転んだまま、鼻歌を歌って起き上がろうともしない。

このまま玄関へ放置していくわけにもいかないので、僚司の靴を脱がせると、今度は寝転んでいる僚司の腕を引っ張って、なんとかリビングまで引きずった。

段差のないバリアフリーな造りのおかげで、リビングまで引っ張ってくるのは比較的簡単だった。

それから何とか宥《なだ》めすかして自力でソファーに座らせ、一息つく……間もなく、

「和弥、水」

と、命令してくる。

「はいはい……」

あしらうように返事をして、和弥はキッチンへ向かった。

そして冷蔵庫のミネラルウオーターをコップに注いで戻ってくると、僚司は目を閉じながらさっきと同じ鼻歌を歌っていた。

こんなに泥酔している僚司を見るのは初めてだが、かなり御機嫌な感じだ。

こんな時間まで飲んでいたのも、おおかた盛り上がって帰ることができなかった、というものだろう。

——手はかかるけど、悪いお酒を飲んだわけじゃないならいいか……。

そんな風に思いながら、和弥は水の入ったコップを差し出した。

「先生、どうぞ」

その声に僚司は薄く目を開けると、

「飲ませて」

ちょっと笑ってそう言った。

「そこまでの面倒は見られません。ほら、コップ持って下さいよ」

「面倒」

言って和弥がコップをテーブルに置こうとすると、僚司はその腕を強引に摑《つか》んだ。

「なら、飲まなくてもいいですよ、別に」

「あ！」

摑んで引き寄せられた勢いで水が零《こぼ》れ、床を少し濡らす。

だがそれにかまわず僚司は和弥の腕を摑んだまま、コップを口元に運んだ。

「先生……零れたじゃないですか」

苦言を漏らしながら、和弥は僚司のしたいようにさせた。ここで暴れたらもっと水が零れることになる。

そして、それを掃除するのは自分なのだから。

「それで先生、今日は車はどこへ置いてきたんですか？」

水を飲み終えて手を離した僚司に、和弥は手近にあったティッシュで床に零れた水を拭《ふ》きながら聞いた。

「ん？　あー……」

和弥の問いに僚司は少し考えるような顔をした。

飲酒運転の罰則が重くなってから、僚司はたいてい代行運転で帰ってきていたが、時々は今日のように車を置いて戻ることがある。

その場合、あとで和弥が取りに行くことがほとんどだ。

だから、場所を聞こうと思ったのに、当の僚司は、

「忘れた」

一言あっさりそう言った。

その返事に和弥は目を見開く。

「忘れたって……車上荒らしにでもあってたらどうするんですか……っ！　ていうかその前に窃盗団に持って行かれでもしたら……っ」

僚司の愛車は、バブル絶頂期には億の値段がついたというフェラーリF40だ。

それをどこに放置してきたか分からないという。

「先生、思い出して下さい！」

「うるせぇな、車の一台や二台でガタガタ言うなよ」

和弥の言葉に僚司は面倒臭そうにそう言った。

確かに僚司は他にポルシェも持っているし、主に仕事で使うパジェロもある。

けれど、そういう問題じゃないのだ。

「もう……すぐにそうやって勝手なこと言うんですから…」

もうため息しかでない。

「どうせ俺は勝手だよ」

吐き捨てるように僚司は言った。

その声と態度に、床に座っていた和弥は僚司の顔をじっと見上げた。

「先生……？」

さっきまでの酔っ払ったけだるい雰囲気は、僚司にはもうなかった。

「勝手で我儘で横暴で、いいとこナシだよな！」

「そんなこと言ってませんよ。もう、酔っ払いすぎです。しっかりして下さいよ」

アルコールのせいで感情のコントロールができなくなっているのだろう。

そう思った和弥は僚司を宥めるように言った。

「悪かったな酔っ払いで」

だが僚司を宥めるどころか、逆に怒らせる結果になった。

「どうせ日高みてぇに優しくもねぇし、人当たりもよくねぇしな！」

和弥には、どうしてここで日高の名前が出てくるのか分からない。

同じ学校出身でしかも同期だから、僚司と日高が比較されることはよくあるが、それでも僚司が劣等感を持たなければならないような状態ではないはずだ。

客観的に『どっちが売れているか』——もっともそれがフォトグラファーのすべてではないが、一つのゲージとして考えるならば、それは僚司の方が上だ。

過去の受賞歴にしても、僚司が勝るだろう。

誰かに何か言われたのだろうか？

そんな風に考えたが、どう言えば僚司を落ち着かせることができるのか分からなかった。

日高の名前そのものがNGワードになっているような状態では、ヘタに口を挟むともっと酷《ひど》くなるだろう。

うまい言葉も探せなくて黙っていると、僚司は苛立《いらだ》ったような口調で言った。

「なんとか言えよ！」

「……俺は先生のこと、誰より尊敬してます。だから弟子入りしたんだし……」

それは本音だった。

尊敬しているから、弟子になりたくて——そして好きになって。

だが、その答えが気に入らなかったのか僚司は和弥の顎《あご》を片手で乱暴に掴んだ。

「何が尊敬だ！　ふざけんなっ」

僚司はそう怒鳴り、和弥の体を床に押し倒す。

あまりに突然のことで、頭を庇《かば》うこともできなかった和弥は、ガツン、と思い切り頭を床へぶつけた。

「い……、——っ」

痛い、と言いかけた言葉を塞《ふさ》ぐように、何かが和弥の唇を塞ぐ。

そして歯列を割って、軟体動物のような何かが口の中へ入ってきた。それと同時に強いアルコールの香りがして……。

——俺、キス、されてる?

そう思った時には、和弥の体は完全に僚司の体に下敷きにされてしまっていた。

「……っ、ぅ…ぅ」

何がどうなってこんなことになってしまったのか分からない。

とにかく、逃げないといけないということだけしか分からなくて、なんとかして僚司から逃げようとした。

だが、十センチ以上の身長差と十キロ以上の体重差、それに加えて絶対的に不利な体勢。

そんな条件では自由になる手で僚司の髪を摑んだり、肩を押し返すことができただけで、僚司から逃げ出すことなど不可能だった。

それなのに、そんな少しの抵抗でさえ僚司は封じるように、片手で和弥の両手を纏《まと》めて摑むと床に縫い止める。

巧みなキスと、それから濃いアルコールの匂いに頭の中が霞《かす》みはじめ、抵抗しようなんていう気力も奪われた。

ピチャ、と濡れた音を立てて口腔《こうこう》を嘗《な》め回す舌や、縫い止めている僚司の手の力強さだけしか感じられなくて、ただされるがままになる。

だが、Tシャツの裾《すそ》から忍び込んできた僚司の手に乳首を捕らえられた瞬間、和弥の背中を何かが走り抜けた。

「や……っ」

驚いてのけぞった拍子に、唇が離れる。

そして視界の端に僚司の顔が映った。

僚司は怖いくらいの無表情のまま口の端だけで笑うと、和弥の頬をベロリと嘗める。

「……先生…」

頬を嘗められた感触に体を震わせながら、和弥は掠《かす》れた声でそう言うのがやっとだった。

だがその声に僚司は返事もせず、和弥のTシャツをたくしあげる。そして白い胸の上で薄紅に色づいている乳首へと唇を落とした。

「……あ…、やだ……っ」

背中をさっきよりも強いものがザワリと駆け抜ける。

喉に絡んだ声は驚くほどに甘くて、それは僚司に自分が快楽を得ていると教えてしまうことになった。

僚司は捕らえた乳首をきつく吸い上げたり、甘く噛《か》んだりして和弥を追い詰めるように愛撫《あいぶ》を続ける。

「先生……っ」

咎《とが》めるような、懇願するような、そんな声を和弥は出した。

胸への愛撫で下肢までが反応し、ジーンズの中で熱を孕《はら》んだ和弥自身が立ち上がり始める。

それを知られたくなくて、早く離れてほしくて、押さえつけられたまま抵抗をやめていた手が再びもがいた。

だが、僚司は胸から一度顔を上げると、小さく舌打ちし、たくしあげていた和弥のTシャツをさらに押し上げて、首から抜いてしまう。

下敷きになっている背中の部分が残ったままなせいで、手は万歳の姿勢のままで固定されてしまった。

これでは僚司の手が離れても、手が中途半端に上がるだけで大した抵抗にならない。

それどころか僚司は両手が使えるようになってしまったのだ。

その懸念は次の瞬間一気に現実のものになった。

僚司は和弥のジーンズの前をはだけると、乱暴に下着を引き下ろした。

「——やだ……っ」

和弥が隠そうとしても手は届かない。足を閉じようにも僚司が足を割り込ませていてそれさえできなかった。

僚司は、視線に晒《さら》されて少しずつ立ち上がってくる和弥自身へと手を伸ばす。そして直《じか》に触れるとそのまま強く扱《しご》き上げた。

「や……、あ、あ……っ」

弱い場所への愛撫に、和弥の唇からは拒絶しきれない甘い声が漏れる。その声をもっと出させようとでもするかのように、僚司は先端部分を指先で揉み込むように弄った。

「ふ……っ…ぁ、だめ……、先生…っ」

弱い部分への愛撫に和弥が腰を悶《もだ》えさせる。それと同時に高ぶった先端の穴から滴《しずく》がトロリと零れ落ち、それを塗り込めるようにして僚司はさらに和弥を嬲った。

「ん……っ、あ、あ！」

ヌチュクチュと濡れた音を立てて僚司の手が動くたびに、和弥の体がビクビクと震える。溢《あふ》れる蜜《みつ》はどんどんと量を増し、後ろまで滴るほどだ。

「もう……、先生…っ」

迫ってくる絶頂感に、和弥は震える声でそれを伝える。

だが、僚司は視線をふと和弥へと向けるとさっきと同じように笑い、ピクピクと震えている和弥自身を追い上げるように扱いた。

そして、もう片方の手で胸の上でプツンと尖っている乳首を押し潰《つぶ》すように愛撫する。

弱い場所へ同時に与えられた愛撫に、和弥の体が一気に絶頂へと駆け上った。

「や……っ、あ、だめ、もう……あ、ああっ」

ビクンッ、と大きく腰が揺れ、和弥自身から蜜が溢れる。

「…ぁ、あ、ああ……」

その蜜を最後の一滴まで絞り取ろうとするかのように、僚司の手が和弥を扱き続ける。そのたびに和弥の体中がびくびくと痙攣《けいれん》し、ぷちゅ、と最後の滴を零してやがて脱力した。

「……っ、…は……、あ、あ……」

整わない呼吸のたびに甘い声を漏らしながら、和弥は襲ってくる倦怠感《けんたいかん》に目を閉じた。

しかし、その和弥の体を突然僚司がうつ伏せる。

「え……」

目を閉じていたこともあって、何が起こったのかすぐには分からなかった。

Tシャツをはぎとられた事に気を取られた次の瞬間には、強い力で腰を引き上げられ、下着ごとジーンズが太ももまで押し下げられる。

そして――濡れた指が何の予告もなく後ろの蕾《つぼみ》の中へと一本入り込んできた。

「――! ぁ、あ……っ」

達したあとで体が弛緩《しかん》していたせいもあって、指は奥まで簡単に入り込み、和弥の中を犯す。

「やだ……や、や……っ」

痛みはなかったが、信じられない場所に感じる異物感に和弥の体が強《こわ》ばり、中に埋められた僚司の指をきつく締め付けた。

だが、僚司の指はその締め付けを楽しむように小さく動きながら、和弥の中を慣らしていく。

ゆっくりと抜き差しを繰り返されるうちに異物感が薄れて、体に入っていた力が少し抜けた。

それを感じ取って、僚司は半ばまで引き抜いた指を軽く鉤型《かぎがた》に曲げると、そのままグルリと中をかき回した。

「や……ぁ、あ、あっ」

内壁のある場所に僚司の指が触れた瞬間、和弥の体に甘い電気が走り抜け、唇から嬌声《きょうせい》が漏れた。

和弥のその様子に、僚司は執拗《しつよう》にその場所を繰り返し指先で押す。

そのたびに和弥の体に甘ったるい悦楽が湧き起こった。一度放って萎《な》えていた和弥自身が急速に熱を帯びて再び立ち上がる。

「く……っ、ふ…ぅ…う……、ああ…っ！」

中を探る指を急に二本に増やされて、和弥はキツく眉を寄せた。だが、二本の指先で弱い場所ばかりをいじられて、和弥の腰が揺れる。

再び立ち上がった和弥自身からも蜜が溢れだし、床へと糸を引いて零れ落ちた。

「だめ……先、生……っ」

いくら拒絶のする言葉を紡いでも、その声は甘く震えて意味がない。

そのうち、和弥の内壁がまるで僚司の指に絡み付くように淫らな蠕動《ぜんどう》を始め、僚司は浅い場所で嬲っていた指を奥まで突き入れた。

「ん――っ、あ、あ」

体中がどうにかなりそうなくらい、甘ったるい快感が背骨を這《は》い上がってくる。

そのまま、僚司は何度も指の抜き差しを繰り返した。そのたびにビクビクと震える背中を満足そうに見下ろすと、僚司はそこから指を引き抜く。

「――は…ぁ……」

体が自由になり、和弥は安堵《あんど》するように息を吐いた。だが、僚司は自身を取り出すと、指で慣らした和弥の後ろへと押し当てる。

「あ……」

押し当てられたモノの熱さに和弥が戸惑う間もなく、僚司は和弥の中へ一気に押し入った。

「い――ぁ、あ、あ!」

そこをギリギリまで押し広げられる痛みに、和弥が悲鳴を上げ、逃げようともがく。その和弥の体に僚司は覆いかぶさり、逃げられないように肩口をしっかりと抱き締めた。

「暴れんなよ……」

僚司はどこか楽しむような声で言うと、和弥自身へと手を伸ばす。さっきまで今にも弾けそうなほど熱を孕んでいたのに挿入の痛みに萎えてしまい、放つはずだった蜜をポタポタと床へ零していた。

僚司はそれを握り込むと、緩く上下に扱く。

「っ……く……、う、う」

前へ与えられる愛撫に和弥の体から少しずつ力が抜け、それを見計らいながら僚司はジリジリと腰を進めた。

そしてすべてを和弥の中へ埋め込むと、和弥の耳元で小さく笑った。

「ギチギチ……」

和弥の耳元にそう囁《ささや》いて、もう片方の手を自分を銜《くわ》え込んでいる和弥の後ろへと這わせ、指先で触れた。

「――ぁ、あ」

「このまんま動いたら、すげぇ悦《よ》さそう」

その言葉に和弥は頭を左右に振った。

「や……、動か…ないで……」

今だって一杯一杯なのに、動かれたら……。

恐怖に和弥は何度もイヤイヤをするように頭を横に振るが、僚司は無情にも己を半分ほど引き

抜く。

緩んだ圧迫感に和弥が息をついた瞬間、乱暴に僚司が最奥まで突き上げた。

「ああっ」

痛みというよりも恐怖に声が上がり、体はますます強ばった。

その様子に再び体を引いた僚司は、今度は浅い場所で遊ばせるように抜き差しを繰り返し始め、さっき指先でいじめた和弥の弱い場所を、今度は自身の先端で抉《えぐ》るように突き上げた。

「ぁ……あ、あっ」

途端、体の奥から悦楽が込み上げて、甘い声が漏れる。

「ほら、もっとしてやるから、力抜けよ…」

まるでおもしろいおもちゃを見つけたように、僚司は繰り返しその場所を突き上げてくる。

「やぁっ、あ、……あぁっ」

ひっきりなしに甘い声を上げながら、和弥は悶えた。

萎えていた自身も急速に立ち上がって、溜《た》め込んだ蜜をトロトロと零す。それと同時に、さっきまで侵入者を拒むように強ばっていた内壁までが、貪欲《どんよく》に悦楽を貪《むさぼ》ろうと蠢《うごめ》きだした。

「あぁ、あ……あ…、あ……っ」

「悦くなってきただろ?」

僚司は言うと、再び最奥までを一気に突き上げた。

「あ――っ」

与えられた刺激に和弥の腰が悶えるように揺れる。その腰を両手で摑み直し、僚司は荒々しく何度も和弥を突き上げた。

「ひ……ぁ、あ、あ」

内壁を擦《こす》りあげられるたびに、たまらない悦楽が湧き起こって和弥の頭の中が真っ白になる。もう意味のある言葉など探せなくて、ただ喘ぐだけで精一杯だった。

「ああ――！　あ……ぁ、あ」

グチュグチュと濡れた音を立てながら僚司が和弥の中を思うさま蹂躙《じゅうりん》していく。それを喜ぶように内壁は僚司に絡み付いた。

「もう……、や……っ、あ、ああっ」

「もうイきそうなんだろ？　イけよ……」

「あっ、あ！　や……あ、あっ」

押し寄せる絶頂感に和弥が悶える。その体を一際強く僚司に抉られて、和弥は突き抜けた悦楽に脳髄を灼《や》かれて登りつめた。

「あ、あ、あ――っ！」

甘く濡れた声を上げながら和弥は蜜を噴き上げ、僚司を銜え込んだ内壁が痙攣する。

その中へ僚司は熱を吐き出した。

「っあ、あ」

吐き出されるものを馴染《なじ》ませるように淫らに蠢く己の内壁の動きを感じながら、和弥はつかの間の闇《やみ》に滑り落ちる。

その寸前に、名前を呼ぶ僚司の声を聞いた気がしたが——意識をつなぎ止めることはできなかった。

◇◆◇

アパートの小さなコンロにかけたヤカンがシュンシュンと音を立てる。

すべてが死んだように眠りについた夜の世界は、そんなささやかな音でさえ大きく響いてしまうほどの静寂だった。

和弥はダルい体で座っていたイスから立ち上がり、コンロの火を止めてコーヒーを入れた。

和弥がアパートの自室へ戻って来たのは、ついさっきのことだ。

意識を失っていたのはほんの数分のことだった。

気がつくとまだ床の上で、僚司は和弥の体を半分抱き締めるようにして眠っていた。

その僚司の顔を見た途端、例えようのない恐怖が足の裏から這い上ってきた。

——なんとかしなきゃ……。

和弥の頭に最初に浮かんだのはそれだ。

幸い、僚司はぐっすりと眠り込んでいて、和弥が腕から抜け出しても起き出すような気配はなかった。

腕から抜け出したあと、服を着直そうと和弥は立ち上がる。

その瞬間、後ろからトロリと何かが溢れて和弥は言葉を失った。

それは明らかに僚司が自分の中に注ぎ込んだ精液で。

紛れもなく僚司に抱かれたという証《あかし》で。

泣きたい気持ちを必死で抑えて、和弥はティッシュケースから何枚か引き抜いて足を伝うそれを拭った。

そしてズボンをはき直し、床の上を汚している自分の放った精液や、零れ落ちた僚司のそれも綺麗に拭き取る。

すべてが床の上での行為だったことは不幸中の幸いだった。

簡単な拭き掃除だけで証拠の隠滅はできていた。

これがベッドやソファーの上だったら、面倒なことになっていただろう。

最後に客間から持って来たブランケットを僚司にかけ、和弥は音を立てないようにして僚司の家を出て、ここに戻って来たのだ。

「疲れた……」

コーヒーを入れたものの、飲む気力もなかった。

酷く疲れている。

それなのに神経が高ぶって眠れなかった。

かといって何かをする気力もない。

ただぼんやり、座っているのが精一杯だった。

そんな和弥の視界に、不意にある本が目に入った。以前、日高からもらった写真集だ。

忙しくてゆっくりと見る機会がなくて、置いたままになっていた。

和弥はそれを引き寄せ、ページを開く。

飛び込んできたのは、どこか異国の遺跡だった。

「……ペルー？」

瞬間的にそう思った。そして下のクレジットを見るとそこにはマチュピチュ遺跡、と書かれていた。

日高は世界各地の遺跡をよく撮影に行く。仕事で行くこともあるが、ほとんどは趣味だ。

遺跡と、そこに暮らす人々の生活を収めた写真はこれまでに二冊出ている。そのうち一冊はエジプトでもう一冊はギリシャだった。

「今回は南米かぁ……」

呟きながら和弥はページを捲《めく》った。

小さな花と子供、遺跡と空。

静かで優しさに溢れた写真を見つめているうちに、和弥の目に涙が溢れてきた。

なぜかは分からない。

ただ涙が溢れて止まらなくて――和弥は両手で顔を覆った。

――今日はいろんなことがありすぎたから、だから……。

自分にそんな理由を言い聞かせながら、和弥は止まらない涙を拭った。


休みが明け、和弥は予定通りの時間に僚司の家に向かった。

和弥が来る時間に僚司が起きていたことなどほとんどない。

預かっている合鍵と教えられた暗証番号で門扉を開け、玄関も同じ要領で開ける。

「おはようございまーす」

一応、挨拶《あいさつ》をして家に上がり真っ先に向かうのは事務室代わりに使っているキッチンの隣の三畳ほどのユーティリティースペースだ。

和弥はここで主に事務的な仕事をしていて、電話もパソコンもここにある。そこで休みの間や夜の間に来た連絡がないかをまず確かめるのだ。

時には当日の朝になって、何かの変更を告げてくる場合もあるからだ。

だが、そこへ向かおうとした和弥は、リビングに足を踏み入れた途端、凍りついたように止まった。

なぜならリビングのソファーでは、すでに僚司が座ってコーヒーを飲んでいたからだ。

「おはようございます……」

心臓が急激にバクバクしだして、声が震えそうになる。それを必死でこらえて和弥は挨拶をした。

その声に僚司は視線を和弥へと向けた。視線が合う。それだけで和弥は死にそうなくらいに胸が痛むのを感じた。

「ああ」

「今日は、珍しく早いんですね。何か用事があったんですか？」

平静を装って和弥は問う。それに僚司はどこか落ち着かない様子で返した。

「いや、そういうわけじゃねぇけど、なんとなく目が覚めた」

「早い時間に目が覚めるなんて、年寄りみたいですよ」

軽口をたたきながら、和弥は事務室へと入る。机に向かってパソコンを立ち上げた。体は事務的に動いて休みの間に届いたＦＡＸや、留守電にメッセージがないかを確かめていたが、心臓は相変わらず速いリズムで鼓動を刻んでいた。

――落ち着け、落ち着け……。

胸の中で繰り返し自分に言い聞かせる。その和弥に、

「一昨日の夜だけどさ」

ドアのところから僚司が不意に声をかけた。

僚司の言葉に和弥はギュッと手を握り込んだ。

「……一昨日の夜が、どうかしましたか？」

できるだけさりげない口調で和弥は聞き返す。だが、FAXに目を通したり、メールのチェックをしたりして、あくまでも『仕事が忙しい』ふりで僚司を振り返らなかった。

「俺、何時頃帰ってきた？」

「十二時を回ってました。かなり酔っ払って、門からここまで引きずってくるの大変でしたよ」

和弥がそう返すと僚司はいくばくかの間を空けて核心に触れるような問いをしてきた。

「俺、おまえに何かしたか？」

それはあまりに直球だった。

「何かって何をですか？」

心臓が今まで以上の速さで鼓動を刻む。

「いや……絡むっていうか……」

返ってきたのは歯切れの悪いあやふやな返事だった。和弥は小さく息を吐いて、呆《あき》れた振りを

装い答えた。

「一昨日はタクシーで帰ってこられたから、車をどこに置いてきたのかって聞いたら『分からない』って逆ギレしてましたよ。そのあとまだ何かグダグダ言ってましたけど、相手にしないで放っておいたら床の上で寝ちゃってたんで、そのまま客間のブランケットだけかけて帰りました──で、車は取ってきたんですか？」

「ああ、取ってきた」

僚司はそう言ったあと、言いにくそうに聞いた。

「それはいいんだけどさ、目ェ覚めたら、俺、ジーンズ半下ろしになってたんだけどさ……」

「知りませんよそんなコト。俺が帰る時は別に普通でしたよ。どうせ寝てるうちに窮屈になって脱ごうとしたんじゃないんですか？　それとも俺が正体なく眠り込んでるのをいいことに先生を襲ったとでも？」

呆れた、というような口調で和弥は一気に言い募った。

その和弥の返事に何か納得したのか、僚司は小さく息を吐いた。

「いや、何にもなかったなら別にいい。床の上で寝たせいかヘンな夢見て……」

「夢の中で裸踊りでもしましたか？」

少し笑って聞く。それに僚司はどこかほっとしたような苦笑交じりの声で答えた。

「まぁ、そんなトコだ」

——良かった、覚えてない。

和弥は胸の中で安堵の息を吐いた。その和弥に僚司が思い出したように言った。

「前から思ってたけどさ、おまえ料理うまいな」

「え……？」

それはあまりに突然の言葉で、和弥は驚いて僚司を振り返る。

「昨日の朝飯用に作ってくれてただろ？」

「あ、はい。一昨日の夜、自分の食べるのを作ったついでに……」

「あれの小鉢のが、うまかった」

褒められるのも、料理の感想を言われるのも初めてだった。

「小鉢っていうと、ああ、カブとイカの梅肉和《あ》えですね」

「酒の肴《さかな》にちょうどよくて」

僚司の言葉に和弥は目を見開く。

「まさか、それを酒肴に飲んだ、とか言いませんよね？」

「言わねぇよ。ビールなんか酒のうちに入んねぇだろ」

しれっと返す僚司に和弥は心底呆れた。

——二日酔いにでもなるかと思ったのに……。

「ほどほどにしないと、そのうちぜったい肝臓壊しますよ」

「うちの家系は全員鋼鉄の肝臓だ」

僚司は自慢げにそう言ったあと、少し間を置いて続けた。

「なぁ、なんか朝飯作ってくれよ」

「食パン、ありませんでしたか？」

「米のメシが食いてぇ」

「……冷凍のしかないですよ？」

「それでいい。あと卵焼きと味噌汁つけて。おまえの卵焼き、旨いから。みそ汁の具はなんでもいい」

まったく手が焼ける男だ。

そう思うものの、料理を初めて褒められたのが物凄く嬉しかった。

「分かりました。まったく…食パンで済ませてくれたら楽なのに」

それでもそんな風に文句を言って、和弥はキッチンへと向かった。そして朝食の用意をしながら、安堵の息をそっと吐いた。

どうしてあんなことになったのかは、今でも分からない。

ただ、分かるのは自分は逃げようと思えば逃げることができたということだけだ。

僚司は泥酔していた。

本気で逃げるつもりがあれば、逃げられただろう。

でも逃げなかった。

——僚司が好きだから。

あの時はただ驚いたけれど、心の底で僚司に抱かれたいと、そう思っていたから逃げなかったのだと思う。

あんな状態ででもなければ、『ない』ことだから……。

だから逃げなかった。

だが僚司にしてみれば、あんな状態ででもなければ、『しない』ことだ。

たまたまムシの居所が悪くて、そこに自分しかいなかったからだと思う。

そうでなければ、綺麗な恋人がいっぱいいる僚司が自分に手を出すはずがないのだ。

だったら、何もなかったことにしたほうがいい。

あれだけ酔っていたのだ。僚司はきっと何があったかはっきりとは覚えていない。

だから和弥が何もなかったように振る舞えば、僚司もヘンな夢を見たんだな、くらいに思うだろう。

何より、本当のことがバレるのは和弥のほうが嫌だった。

もしあんなことがあったと分かったら、きっと気まずくなってしまう。

そうすれば仕事にも支障が出るかもしれないし、そうなればきっと僚司は和弥をやめさせるだろう。

僚司のそばにいたい。

そのための、僚司のためではなく自分のためのウソだ。

だから和弥は何もなかった振りをすることにした。

昨日一日、ずっと自分に言い聞かせ、何度もいろんなシチュエーションを想定して、こう言われたらこう答える、とシミュレートを繰り返した。

予想通り、僚司の記憶はあやふやで。

――本当に良かった。

心のそこからそう思いながら、和弥は卵液を熱した卵焼き用のフライパンに流し込んだ。

ジューッという音とともに、おいしそうな匂いが広がる。

こんな風に、あとどれくらいの間僚司の朝食を作ることができるだろうと、ふとそんなことを考えた。

僚司が結婚して身の回りの世話を結婚相手がするようになるか、それとも自分が首になるか。

その両方が、できればもっともっとあとになるように、と和弥は心の奥でそっと願った。

3

二日ほど、僚司はどこかぎこちない様子で和弥に接していた。

だが、いつも変わらない和弥に、ようやくすべてを夢だと思うことができたのか、すぐ今までのように和弥をこき使い始めた。

「和弥ァ、ビールもうこれ一本しかねぇじゃん」

仕事から戻ってシャワーを済ませた僚司がバスローブだけの格好でビールをちらつかせながら言う。

「そうですよ」

「そうですよって、買っとけよ」

ユーティリティースペースでスケジュールのチェックをしながらあっさり認める和弥に、僚司が即座に不満を口にした。

「先生が買うんでしょ?」

「俺に責任転嫁かよ?」

その言葉に和弥はわざとらしいくらいのため息をついた。

僚司がいつも配達に来てくれていた酒屋の店員とケンカしたのは二週間ほど前のことだ。以来、配達拒否で持って来てくれなくなってしまった。

すぐに和弥が謝りに行こうとしたのだが、『向こうが悪いんだから行かなくていい』と止めたのは僚司だ。

酒豪である僚司のビールは常にケースでまとめて買っていた。この辺りで配達をしてくれるのはその酒屋だけで、そこ以外は距離的な問題で持って来てはくれないのだ。

そうなると買いに行くしかなかった。

「その時に、俺は原付きなんだからケースで買ってくるの無理ですよって言ったら、『俺が車で買ってくるって』先生言ったじゃないですか」

理路整然と説明されて僚司はおもしろくなさそうな顔をした。

「分かったら、一本で我慢して下さい。足りないならワインかウィスキーでも飲めばいいじゃないですか」

「暑い時はビールが飲みてぇんだよ」

「だったら、買いに行って来て下さいよ。俺が行ってもいいですけど、連絡待ちだから今すぐは無理ですよ。夕食の支度だってしないといけないし」

和弥の返事に僚司は缶ビールを置くと、二階へ上った。

しばらくして下りてきた僚司はTシャツとジーンズに着替えていて、玄関へ向かう。

それを追いかけ、和弥は玄関で靴を履いている僚司に聞いた。

「先生、どこか行くんですか？」

今日は出掛ける予定もなく、家で食事をすると言っていたのだが、ビールがないのに腹を立てて外へ食べに出掛けるのかもしれない。

別に怒っているのはかまわないというか仕方がないのだが、もし食べて来るなら料理を作るだけ無駄になるから、それだけは聞いておこうと思ったのだ。

だが僚司は靴を履き終えると、少し作ったようなつっけんどんな物言いで答えた。

「誰かが買いに行かないなら俺が行かなきゃ仕方がねぇだろ」

「役立たずの弟子ですみませんね」

言いながらどこかほっとして、和弥は車のカギを僚司に手渡す。その時、わずかに指が触れて、それに僚司が少し奇妙な顔で和弥の手を見た。

「……どうかしたんですか？」

「いや、なんでもねぇ」

僚司はそう言うと玄関の扉を開ける。

「気をつけて」

「おう」

軽く言って僚司は出て行った。

「さてと……先生が帰ってくるまでに、何か酒の肴だけでも作っとかないとな……」

せっかくビールを買って帰ったのに何もないと、絶対に「気が利かない」とかなんとか言って今度こそ怒るに決まっている。

和弥はキッチンへと向かった。

そして和弥が二つの酒肴を作り終えた頃、ちょうど僚司が帰って来た。

缶ビールを二ケース抱え、キッチンへ入って来ると、早速冷蔵庫に詰め始める。

「冷凍庫へ入れたらヤバイか？　早く冷やしてぇんだけどよ」

「別に大丈夫でしょ？　凍る前に取り出すんだし。先生、冷えてるの一緒に買って来なかったんですか？」

聞いた和弥に僚司はしまった、という顔をした。

「ああ……その手があったか」

どうやらケースで買うことだけしか考えていなかったらしい。

「でも冷凍庫より氷水につけたほうが早く冷えますよ」

和弥は言って、製氷庫から氷を取り出して大ナベに入れて氷水を用意すると、缶ビールを何本か入れた。

「時々思うんだけどさ……」

その様子を見ていた僚司がおもむろに口を開く。

「なんですか？」

「おまえ、そういうビールを早く冷やす方法とかっていう知恵とか一体どこで仕入れてくるわけ？　ありあわせのモンで料理作ったりとかやたらうまいけど」

「実家ですよ。うちの親父が酒飲みで、うっかりビールを冷やすの忘れたらばーちゃんとか母親とかがやってたんで。料理も、二人を見てたら自然に、ですね」

和弥の言葉に僚司は納得したらしい。

だが、和弥が言ったことは半分は本当だけれど半分はウソだ。

ビールを早く冷やす方法は確かに昔から実家でやっていたけれど、ありあわせで何かを作るのは結構最近、料理の本なんかを買って覚えた。

僚司に食べさせるためにだ。

もっともそんなことは言えるわけがないから、言わないけれど。

「先生がさっき飲もうとしてたの、ポケットの方に入れてありますから、こっちが冷えるまでそれを大事に飲んで待ってて下さい。それから、これが今日の酒肴です。食事はまだあとでいいですよね？」

「ああ、一時間くらいしてからでいい」

そう言うと僚司は冷蔵庫のポケットからさっきのビールを取り出し、和弥が用意した酒肴の小鉢を持ってリビングへと向かった。

それからすぐ、キッチンに戻って来て和弥の前に小さな紙袋を渡した。

「これ、使っとけ」

「何ですか？」

紙袋はドラッグストアのもので、和弥は小さく首を傾げながら袋の中を見た。そこに入っていたのはハンドクリームだった。

「おまえの手ェ、ガサガサだぞ」

「あ……」

和弥の手は確かに荒れている。それは日常の水仕事のせいだけではなく、おもに現像液を触るからだ。

出かける時に僚司が和弥の手を見ていたのは、多分触れた時にガサガサなのに気づいたからなのだろう。

「ありがとうございます……っ」

礼を言うと、僚司はどこか居心地の悪そうな顔をしてリビングへと戻って行った。

僚司は、時々こんな風に優しい。

——ずるいなぁ……。

本当に些細《ささい》なことなのに、普段の僚司が僚司だからこんな風にされるとびっくりして、物凄く嬉しくなってしまうのだ。

僚司に弟子入りしたばかりの頃は、僚司の乱暴な物言いや我儘にも慣れていなかったし、実際

に使えない弟子だったからしょっちゅう怒られていて、それが情けなくて何度もやめようと思った。

そのたびに、思いがけず優しくされたりして、もう少し頑張ってみようと思い直して今に至っているわけなのだが、

——計算ってわけじゃないんだよね。結局のところ天然のタラシってとこなんだろうけど。

分かっていて、タラされている自分に和弥は苦笑しながらハンドクリームのチューブを見つめる。

ハンドクリームをもらったことよりも、自分のことを気にかけてもらえたのが嬉しかった。

——サービスしてもう一品酒肴作ろ……。

そんな風に思いながら、和弥は予定外の一品を作るべく冷蔵庫を覗いた。

◇◆◇

僚司の仕事はかなりタイトなスケジュールで組んであるため、天候に左右されないスタジオ撮影が多い。

だが、時々はロケでの仕事もあって、明日からは北海道《ほっかいどう》で撮影だった。

モデルたちは当日来ればいいが、段取りを考えて僚司が現地に前日入りするのはよくあること

だ。

「先生、今のうちにタバコ吸っといて下さいね。飛行機の中、全席禁煙ですから」

空港のカウンターで手続きを終えて、ソファーに座っている僚司のところに戻って来た和弥は真っ先にそう言った。

「まったく、どこも禁煙禁煙ってうるせぇよ」

「一時間半くらい我慢して下さい」

「倍の金払うから好きに吸わせろよ、航空会社もさ」

ぶつぶつ文句を言いながら、僚司は喫煙スペースへと向かう。その背中を見送りながら、和弥はソファーへと腰を下ろした。

禁煙が世界的な流れで進む今、僚司をはじめとした愛煙家たちにとっては確かに肩身が狭いというか、公共機関を使うとイライラすることが多くなる。

無論、そのとばっちりを受けるのは和弥だが、僚司もヘビースモーカーというほどではないから一時間半くらいなら平気なのだ。

ただ、文句を言っておきたいだけで。

——子供っぽいっていうか、そういうとこあるんだよね、先生って。

もっとも八つ当たりされる身としては、ちょっと困るのだが。

そんな取り留めのないことを考えていると、

「あれ、和弥くん？」

不意に誰かに声をかけられ、顔を上げるとそこには日高と宮内が立っていた。

「あ、日高先生、宮内さん。こんばんは」

和弥はソファーから立ち上がって頭を下げる。

「あれ、どこかでロケ？」

いつもの穏やかな顔で挨拶を返しながら日高が問う。

「はい、明日から北海道なんです」

和弥の返事に日高が少し驚いたような顔をした。

「へぇ、偶然だね。俺たちも北海道だよ。明日の夜にはもう戻ってるけどね」

「そうなんですか、本当に偶然ですね。もしかすると、次の便ですか」

「うん、そう。和弥くんに会えるなんて、今日はツイてるな」

笑って言う日高に和弥もとりあえず笑顔を浮かべた。

「日高さん、手続きしてきますからチケット貸して下さい」

不意に口を挟んだのは宮内だった。

「あ、悪い。頼む」

日高はそう言って宮内にチケットを渡した。

「日高先生は本当にいつも宮内さんと一緒ですね」

「そうだね、亨と組まない仕事は一割あるかないか、かな」

「ずっとなんですか？」

「ずっとっていうか、ここ四年ほどはそうだね。俺の好みとか一番分かってくれてるから、細かく言わなくてもモデルを思った通りに仕上げてくれるし。だから、亨以外のスタイリストと仕事する時は戸惑うことが多いよ」

宮内を信頼しきっている、という感じの日高の言葉に和弥は自分と僚司を重ねて考え、羨《うらや》ましさを感じた。

——俺なんかまだまだだもんなぁ……。頑張らなきゃ！

そう思った時、

「和弥、タバコが切れた」

そう言いながら僚司が喫煙場所から戻ってきた。そして日高に視線をやる。

「おまえも、仕事か？」

「ああ、同じく北海道」

日高の言葉に自分から聞いておいて、ふーん、と気のない返事をよこした僚司は和弥に問いかけた。

「和弥、おまえタバコ持ってねぇか」

「持ってるわけないじゃないですか、俺、吸わないのに」

「気が利かねぇな。普通はもしもの時のためにおまえが一箱持っとくもんだろ」

そんな理不尽としかいえないようなことを平気で言うのが僚司だ。

聞いていた日高は呆れた様子で僚司を見たが、僚司はまったく気にしてはおらず、財布を取り出した。

「ほら、買って来い」

「はいはい」

その理不尽さにも慣れてしまった和弥は、僚司から財布を預かりタバコを買いに行こうとした。

そこへ、手続きを終えた宮内が帰って来た。

「あれ、和弥くんどこか行くの？」

「先生のタバコを買いに」

和弥がそう言うと、宮内は僚司へと視線を向ける。

「南雲さん、マルボロですよね」

「ああ」

「だったら、僕のあげますよ」

宮内はそう言って自分のカバンからタバコを取り出した。それは確かに僚司と同じマルボロだった。

「おまえ、ライトに変えたんじゃなかったのか？」

「ええ、変えましたよ。体に悪いからせめて軽いのにしろって日高さんに言われて」

「戻ってんじゃん」

　僚司の言葉に日高が口を開いた。

「軽いのに変えて、量が三倍に増えたら逆効果だろう？」

　宮内はその楚々《そそ》とした外見に似合わず、一日平均約二箱というヘビースモーカーだ。

「ありがちなパターンだな」

　苦笑しながら僚司は宮内が差し出したマルボロを受け取る。

「でも、マルボロで落ち着いてるなら可愛いモンだな。初めて会った時、ピースを吸ってたような男だし、おまえ」

「南雲さんはずっとマルボロだよね。僕はタバコジプシーだけど」

「おまえと違って一途《いちず》だからな」

「タバコに限って言えば、でしょ？」

　そう言って、スモーカー二人は笑い合う。

　半ば呆れた顔でその様子を見ている日高に、宮内は右手の人差し指と中指で軽く唇に触れながら言った。

「じゃあ、僕は最後の一服してきます」

「行っておいで」

仕方ないな、とでもいうような困った笑みを浮かべて宮内を見送る。

当然僚司も一緒に行くと思っていたのに、僚司がじっとしているので和弥は聞いた。

「先生はいいんですか？」

「あ？」

何のことだ、とでも言いたげな表情の僚司に和弥は言葉を続ける。

「吸い足りないから夕バコ買ってこいって俺に言ったんでしょ？　宮内さんにもらったから行かずにすんだけど……」

そう言われて僚司は少し考えるような顔をした。

「そうだな、行ってくる」

「思い残しがないように、思う存分吸ってきて下さい」

和弥が言うのに、僚司は『亨じゃあるまいし、大袈裟《おおげさ》だ』と少し笑って、宮内のいる喫煙場所へと向かった。

「和弥くんは、タバコは？」

タバコ組二人がいなくなり、最初に口を開いたのは日高だった。

「あ、俺は全然。日高先生は？」

「俺は三年前にやめたんだ」

それに和弥は感嘆の息をついた。

「凄い……先生の爪《つめ》のアカでも煎《せん》じてうちの先生に飲ませたいくらい」

「僚司は今でもそんなに吸うの？」

「んー、仕事が詰まってる時は一日一箱で余るくらいだからそうでもないのかもしれないですけど、お酒も凄いから……どっちか控えないとやっぱり体が心配だし」

和弥の言葉を聞いて日高は少し笑った。

「まるで旦那《だんな》さんの心配をする新妻みたいだよ、今の」

その言葉に和弥は慌てた。

「え！　そんなことないですよ……。っていうか先生に何かあったら、俺、路頭に迷っちゃうし、だから……」

僚司を好きだと見透かされてしまっているのかと思って、和弥は必死になって否定する。

「路頭に迷ったら、俺のところへおいで。養ってあげるから」

和弥の慌てる様子がおかしいのか、日高はくすくす笑う。

「日高先生はお酒はどうなんですか？」

今はからかわれたんだと思うが、これ以上僚司絡みの話をしたら何か墓穴を掘ってしまいそうで和弥は話を変えた。

「お酒は結構飲むかな……。和弥くんは？」

「俺はあんまり」

「飲めないの？」

「ていうか、飲まないです。うちの親父とか兄貴とかは凄い飲むんですよ。死んじゃったじいちゃんも凄くて。三人でとぐろを巻いてるとこなんか見たら、なんかゲンナリしちゃって……。きっと俺も酔ったらあんな風になっちゃうんだろうなとか思うから、自制してます」

脳裏に少し蘇った三人の姿に、和弥は自戒を込めるように言う。

「そうなんだ。でも和弥くんがとぐろを巻いてるところなら見てみたい気もするけれどね。可愛い気がする」

日高がそう言った時、搭乗手続きの開始を告げるアナウンスが入った。

それを聞いて、タバコを吸いに行っていた二人が戻って来たのだが、戻って来た僚司は眉間に皺《しわ》を寄せて難しい顔をしていた。

「二人ともお帰り」

そう言った日高に僚司は見向きもせず、自分の荷物を手にすると和弥の腕を摑んだ。

「行くぞ」

「え……あ、はい」

軽く引っ張られて、和弥は慌てて荷物を取る。

「じゃあ、お先に……」

日高と宮内に会釈をしてそう言うと、和弥は僚司に強引に引きずられるようにして搭乗口へと向かった。

「先生、そんな急がなくても……。日高先生たちだって同じ便なんだから」

「うるせぇな、そんなに日高としゃべってたいなら亨に頼んで日高の隣と替わってもらえよ」

吐き捨てるように言う僚司に、和弥は首を横に振る。

「そんなんじゃないですってば」

「だったら黙ってついて来い」

朝からの僚司の機嫌は決して悪くはなかったのに、急激に悪くなってしまっていて、和弥は戸惑った。

——宮内さんと何かあったのかな……。

そんな風に思うものの、一緒に戻って来た宮内は大して変わったところはなかった。

それに宮内も僚司との付き合いは長いから、僚司を怒らせるようなことをしたということも考えにくい。

またいつもの気まぐれだとも思えなくもないけれど、それでも普段なら思い当たる原因がある。今日はそうじゃないから、何が逆鱗《げきりん》に触れるか分からない分、怖い。

宮内が原因じゃないとすれば、日高が原因なのだろうか？

——そういえば、この前酔っ払った時に日高先生のこと、なんか言ってたな……。

ふっとそんなことを思い出したけれど、それを僚司に問うわけにもいかなかった。

飛行機は定刻どおりに離陸したが、機内では僚司は一言も口をきかなかった。

いつもなら人が行き来する気配が鬱陶《うっとう》しいからと自分が窓際に座るのに、今日は和弥を窓際へと押しやって、自分はむっつり顔で座っている。

気まずいことこの上ないが、ヘタに口を開くとますます僚司の機嫌が悪くなりそうで、和弥は北海道に着くまでの一時間半、ずっと黙って窓の外を見ていた。

とはいえ、途中で日が暮れてしまってほとんど何も見えないし、やっぱり隣の僚司には気を使うわけで、おかげで千歳《ちとせ》空港に着いた時にはすっかり気疲れしてしまっていた。

だが、疲れていても仕事はある。

「じゃ、俺荷物取ってきます」

僚司にそう告げて、和弥は空港で預けた荷物を取りにベルトコンベヤーの前まで来た。

すでにコンベヤーは回転を始めていて、次々に荷物が吐き出されてくる。そのうち預けた荷物が吐き出されてきて、それをコンベヤーから下ろす。

「よいしょっと」

撮影機材は結構重い。慣れたけれど、ついかけ声をかけてしまう。

「重たそうだね、手伝おうか？」

それが聞こえたのか、そう声をかけてきたのはすでに機材を背負った日高だった。その後ろにはやはり荷物を持った宮内がいた。

「いえ、大丈夫です」

「僚司は？」

「先に行って待ってくれてます」

和弥の返事に日高が少し眉を寄せる。

「和弥くんだけに荷物を取りに来させたのか？」

あきらかに僚司を非難するニュアンスの声に、和弥は慌てて首を横に振った。

「いえ、俺が一人で大丈夫だからって言ったんで、それで」

本当は違うけれど、そう言った。

日高が思っているほど、僚司が自分に対して酷い扱いをしていると和弥は思ってはいない。荷物を持ったり、片付けをしたり、そういった雑用も自分の仕事のうちだし、仕事以外のことで僚司を患わせたくはなかった。

「半分持つよ」

そう言って日高が和弥の荷物に手を伸ばす。

「あ、大丈夫です。俺、こう見えても結構、力あるんですよ」

日高の気持ちは嬉しかったが、日高だって自分の機材を持っている。この上自分の荷物まで持ってもらうわけにはいかなかった。

それに、慣れた重さだ。手伝ってもらわなくてはならないほどじゃないし、何より僚司の機嫌の悪い原因が日高だとしたら、日高に手伝ってもらったりするとますます僚司の様子が酷くなりそうだ。

「日高さんが手伝うと、和弥くんがまた南雲さんに怒られると思うよ」

そう口を挟んだのは二人のやり取りを見ていた宮内だった。

日高が宮内へと視線をやると、宮内は静かな声で言葉を続ける。

「和弥くんにこなせる仕事だって思ってるから、南雲さんも任せてるんだし。日高さんが親切心で手を出しても『仕事ができないから手伝ってもらった』って、和弥くんが南雲さんに思われるかも知れないよ?」

宮内のその言葉に日高が戸惑った顔をする。

「あの、本当に大丈夫です。ありがとうございます、日高先生」

和弥はお礼を言って、日高の申し出を断った。

「ごめんね、差し出がましい真似をして」

「いえ、嬉しかったです」

少し申し訳なさそうな顔をした日高に、和弥はにこりと笑みを浮かべた。

「和弥くん、行こうか。南雲さんを待たせると、また怒るよ」

宮内に促され、三人はそろって歩きだした。

宮内は、日高と違ってあまり僚司を非難するようなことは言わない。というかむしろ、庇うというか僚司のことを肯定することがほとんどだ。

——もしかして、宮内さんって先生のこと好きなのかな……。

ふとそんな風に思ったけれど、結構妥当なんじゃないかと思う。

——だって仲いいし。今日だって、タバコあげたりしてたし。同じ銘柄だし。

もし本当にそうだったら。

そう考えると胸が痛くなった。

「和弥、遅ぇぞ」

不意に耳に飛び込んできた言葉に和弥が顔を上げると、先に外でタバコを吸っているはずの僚司が、バゲージクライムを出たすぐそこにいた。

「先生」

「トロトロすんな」

大股で近づいてきた僚司はそう言うと、和弥の手から荷物を奪うようにして取った。

「僚司、ここまで来てるなら最初から荷物を取りにくればいいだろう。和弥くんにだけ任せないで」

その様子を見ていた日高が見咎《みとが》めたように言う。

「それがこいつの仕事なんだよ。それにこいつの雇い主は俺だ。おまえにとやかく言われる筋合いはねぇよ」

吐き捨てるように僚司が言うのに、日高が言い返そうとしたが、それより早く宮内が小さく息をついた。

「二人とも、こんなところで大人気《おとなげ》なくケンカでも始めるつもり？　見世物になりたいって言うなら僕は止めないけど、知り合いだと思われたくはないから先に行かせてもらうよ？」

別の飛行機が到着したらしく、バゲージクライムにはどんどん人が増えてくる。その中で長身の大きな荷物を持った二人が向き合って言い合う様子は確かに目立った。

そのことに二人とも気づいたのか、その場では何事もなかったが、僚司の機嫌がますます悪くなったのは確かだった。

「和弥、来い」

そう言うと僚司は大股で歩いて行く。和弥は慌てて日高と宮内に頭を下げると、僚司のあとを追った。

ホテルに到着してチェックインをしてからも、僚司の機嫌はずっと悪いままだった。

そして、こんな時に限って、いつもはシングル二つで部屋を取るのに取れなくてツイン一つだったりする。

「先生、夕食はどうされますか？」

一通りの荷物を片付け、機材のチェックを終えたあと、和弥は僚司にそう聞いた。

いつもなら部屋が違うから、それぞれ勝手に済ませるのだが、同じ部屋だから一応聞いておいたほうがいいかもしれないと思ったからだ。

すでに僚司は冷蔵庫からビールを取り出して、それを飲みながらテレビを見ていたが、和弥の問いにテレビから視線を外し、和弥を見た。

「おまえ、なんか食いたいもんあるか？」

「俺ですか？　俺は、何でもいいです」

「じゃあ外へ出るのも面倒だし、ルームサービス取ろうぜ。メニュー見せて」

そう言われ、和弥はライティングビューローの上にあったメニューを渡した。

「おまえ、好き嫌いとかねぇよな」

メニューに軽く目を通しながら僚司が聞く。

「ありません。あ、でも…」

「何だよ」

「何かごはん系のものお願いします」

僚司は酒と酒肴だけで食事に変えることができる男だが、和弥はどうしても主食系を食べないと食事をした気分になれないのだ。

「分かった」

そう言われて和弥は安心して僚司に注文を任せ、自分は明日の段取りや、留守中のメールなどを確認するために持ってきたノートパソコンを立ち上げた。

それらの確認が終わったころ、ちょうどルームサービスが運ばれて来たのだが、そのワゴンを見て、和弥は僚司に注文を任せたことを後悔した。

和弥の頼んだ『ごはん系』はちゃんとカレーを注文してくれていた。

だが、それ以外に僚司が注文したものといえば、ワインが二本、フォアグラのパテなんかがあるオードブル一式、刺し身の盛り合わせ……他にも明らかに酒肴になるようなものばかりがテーブルの上に並べられていく。

「先生……明日の仕事、大丈夫なんですか？」

ルームサービスを運んできたボーイが部屋から出ると、すぐにワインを開けてグラスに注ぎ始めた僚司に、和弥は不安を感じながら聞いた。

「大丈夫って何がだよ」

「あんまり飲むと、仕事に障りますよ？　それに朝、早いんだし」

その和弥の言葉を僚司は鼻で笑う。

「これくらい大丈夫だって。ほら、おまえも飲め」

断るより早く、僚司が和弥のグラスにもワインを注いだ。

「いただきます」

注がれてしまったものは飲まないわけにもいかず、ましてやさっきまで機嫌が悪かった僚司だ。何が引き金になってまた機嫌の悪いのが復活するか分からない。とりあえず飲むしなかった。

僚司の選んだワインは、確かに口当たりがよくて飲みやすかった。

だから、すすめられておかわりをしたのだが、普段アルコール類を口にしない和弥はほとんど免疫がない。

もともとアルコールに弱い体質であるらしく、たった二杯を飲んだだけで和弥は酔ってしまい、カレーを半分ほど食べたところで、ベッドに横になってしまった。

「おい、大丈夫か？」

確かに和弥が飲んだところは見たことはなかったが、これほど弱いというのは予想外だったらしく、僚司が心配そうに声をかける。

「大丈夫です……少し眠たいだけで」

「気持ち悪かったりは？」

「大丈夫……」

答えるのも億劫で、和弥は目を閉じる。

アルコールのせいだ思うが激しく眠たかった。

——あー……、そういえば親父とかも最後はどこででも寝てたっけ……。

無論、そこに行き着くまでのアルコールの量は雲泥の差だし、とぐろを巻かずにいきなり寝てしまうので、系統としてはまったく違う。

だが、そこまで考えが及ぶほど和弥の頭はすでに機能していなかった。

「和弥……」

何度か僚司に声をかけられた気がしたが、和弥はふわふわとした気分のまま眠りに落ちてしまった。

◇◆◇

翌朝は、昨夜、早い時間に寝たせいか随分と早く目が覚めた。

僚司は当然まだ眠っていて、和弥は起こさないようにそっとベッドを抜け出す。

すでに昨夜取ったルームサービスは片付けられていたから、あのあと僚司がどれだけ飲んだかは分からないが、ちゃんと着替えて寝ているところを見ると、そんなに酔うほど飲んだわけではないらしい。

——シャワー浴びてすっきりしてこよう。

アルコールがまだ残っているのか、いまいち頭がすっきりしない。それに昨夜はシャワーも浴びずに寝てしまったから、体が気持ち悪かった。

音をできるだけ立てないようにバスルームへと向かい、頭から少し熱めのシャワーを浴びる。

しばらくじっとそうしていると、少しずつ頭がすっきりしてきた。

――そういえば、昨夜、久しぶりに夢見てたなぁ……。

ふと、そんなことを思い出した。

普段ほとんど夢は見ないのに、飲みなれないアルコールのせいかも知れないが三本立てくらいで夢を見た。

その中で一番覚えているのは、以前実家で飼っていたシベリアンハスキー系の雑種犬、吉宗《よしむね》の夢だ。

いつものようにのしかかってきて、顔をベロベロ嘗めたり鼻をすりよせたりしてくる。

その吉宗の頭を撫《な》でてやると、今度は口の中まで舌を入れてきた。

さすがに口の中まで嘗められるのは気持ち悪くて、顔を背けると、また頬や首筋を嘗めてくる。

それが擽ったかったが、放っておくといつの間にか吉宗は離れて、近所にいた友達の柴犬のジョージと一緒に遊びに行ってしまった。

――ああ、そういえば吉宗の首輪、そろそろ買い替えてやんないとなぁ……。

そんなことを思ったのを覚えている。

「吉宗も可哀想なことしたよな……女の子だったのに、吉宗だもんな」

吉宗を拾った時、まだまだ小さかったこともあって家族は雌雄《しゆう》の区別をつけることができなかった。

とりあえず精悍《せいかん》な顔立ちをしているから、ということで『吉宗』と名付けたのだ。そして吉宗がメスだと気づいた時には、すでに改名は不可能だった。

吉宗が自分の名前を覚え込んでしまっていて。

だから、せめてもの罪滅ぼしとして赤い可愛い首輪をつけてやっていた。

「でも、なんで吉宗の夢なんか見たんだろ……」

それが一番不思議だったが、しょせん夢だからいいか、と考えて和弥はシャワーを止めた。

そして髪を洗ったり体を洗ったり、一通りのことをして出てくるとすでに僚司が起きていて、ベッドに体を起こしていた。

あからさまに起きぬけで、どこかぼーっとしている。

「おはようございます」

起きぬけの僚司にハイテンションで声をかけるのは危険行為なので、小さく静かな声で挨拶をする。

それに対しての返事はないが、しばらく首を左右に動かしたりしたあと、僚司は軽く伸びをした。

「おまえ…大丈夫か？」

「え？」

何に対しての『大丈夫』なのか分からず、和弥は聞き返した。

「アルコール、残ったりしてねぇかって聞いてんだよ」

そう言われ和弥は頷いた。

「大丈夫です。起きてすぐはちょっとぼーっとした感じでしたけど、シャワーを浴びたらすっきりしました」

「おまえ、酒に弱すぎ。揺すろうが何しようが全然起きないし」

「すみません」

「まぁ、暴れたりされるよりはいいけどな」

僚司はそう言うとベッドから出て、バスルームへと向かった。しばらくするとシャワーを使う音が聞こえてくる。

仕事まではまだ早い時間なのだが、二度寝するつもりはないらしい。

――良かった、今日は機嫌いいみたいだ。

それが一番ほっとした。

僚司はどれだけ機嫌が悪くてもモデルに当たったりはしないが、やっぱり物凄く気を使うのだ。

結局昨日は一体何が気に入らなかったのか分からないままなのだが、とりあえずそれはおさまったようなので考えないことにした。

「さ！　今日の仕事を頑張らないと！」

気持ちを切り替えるように和弥は言うと、仕事の準備を始めた。

撮影はホテルから車で五分ほど行ったところにある教会で行われた。

今日はデザイナーズブランドのブライダルコレクションカタログのための撮影だ。

色とりどりのカクテルドレスや真っ白なウェディングドレスを纏ったモデルたちが、まるで本物の花嫁のように輝く笑顔で僚司の指示通りに動く。

そして撮影を始めて二時間ほどが過ぎた頃、意外な人物が現場にやってきた。

日高と、そして宮内だ。

ちょうど現場は短い休憩に入ったところで、日高はまっすぐに僚司に歩み寄り、言った。

「僚司、悪いんだが和弥くんを一日貸してくれないか？」

「あぁ？」

突然の申し出に僚司は怪訝《けげん》な顔をする。それと同時にまた機嫌が悪くなっていくような、そんな雰囲気が漂った。

「なんで和弥をおまえに貸さなきゃいけねぇんだよ」

「予定してたモデルが来る途中で事故にあって来れなくなっちゃってね。他のモデルを使うにしてもこっちでイメージしてきたのと全然違う子しかいなくて」

あからさまな喧嘩腰《けんかごし》で言う僚司に説明したのは宮内だった。

「それで和弥を撮るって言うのか？」

どこかバカにしたような顔で僚司が日高を見る。

「ああ、和弥くんなら俺のイメージに一番近いんだ」

「おまえのイメージ、な……」

「僚司がどうしても和弥くんがいないと困るっていうなら諦《あきら》める」

日高のその言葉に僚司は目を細めた。

「別に、和弥がいようがいまいが大して変わりはねぇよ。和弥、おまえどうする？」

急に話を振られて和弥は慌てて首を横に振った。

「そんな、俺なんか無理です」

モデルの代わりなどつとまるはずがないし、何より日高が来た途端に僚司の機嫌が悪くなっている。それだけでも受けられるはずがなかった。

「大丈夫、亨がちゃんとしてくれる」

「でも……」

「今日しか時間がないんだ。無理なお願いをしているのは分かってる。けれど頼みたい、このとおり」

日高は和弥に深く頭を下げた。

「ちょっと、日高さん！　やめて下さい」

和弥はどうしていいか分からなかった。

今日の夜にはもう東京に戻る、と昨日言っていた。だから本当に時間がないというのは分かるし、日高が困っているのも分かる。

けれど、受けることはできなかった。

「ごめんなさい、俺――」

はっきり無理だと断ろうとした時、

「和弥、行って来い」

そう僚司が言った。

「え……」

信じられなくて、和弥は愕然《がくぜん》と目を見開いて僚司を見た。

「日高と一緒に行けって言ってんだよ」

「先生、でも俺の仕事が……」

「おまえなんかいてもいなくても変わらねぇんだよ。現場じゃ大して役に立ってるわけでもねぇしな」

胸にざっくりとナイフを突き立てられたような気がした。

「……俺…でも」

確かに現場では怒られることが多かったけれど、それでも頑張ってるつもりだった。

けれどまったく認められてなくて。

「ぼーっと突っ立ってないで、さっさと行け」

再び僚司は言い、それから日高へ視線を向けた。

「一つ貸しだぞ」

「悪いな、恩に着る」

日高はそう言って頭を下げる。そして和弥をまっすぐに見た。

「和弥くん、本当に急な話でごめんね」

「……いえ、俺で役に立つなら…」

自分の意志とは関係なしに唇が勝手なことを言う。そのまま日高に手を摑まれて、和弥は現場をあとにした。


「亨、どれくらいでできる？」

「一時間半下さい」

宮内の言葉に日高が少し眉を寄せる。

「メイクに一時間半もかかるのか？」

日高の撮影現場に着いて、すぐ和弥は宮内の手でメイクをされることになった。

「メイクだけなら三十分もあればできますよ。でも、すぐメイクに取り掛かれないでしょう？　見たところ、肌のコンディションはかなり悪いし、それを本職モデルと遜色《そんしょく》なく仕上げようって言うんですから一時間半くらいかかります。なんなら倍の時間を取ってもいいんですよ」

宮内の言葉に日高はため息をついた。

「できるだけ、急いでくれ、頼む」

控えめにそう言うと、自分は現場機材の細かなセッティングへと向かう。それを見送ってから宮内はイスに座っている和弥の顔へ手を伸ばした。

「とりあえず、マッサージから始めるね」

ここへ来る途中の車の中からジェルでの肌洗浄やらローションパックやらいろいろされたのだが、メイクに取り掛かるまでにまだいろいろあるらしい。

宮内のオイルか何かを塗った手が顔を優しく丁寧にマッサージしていく。それはとても気持ちがよくてうっとりするくらいだったが、途中で宮内が小さくため息をついた。

「和弥くん、普段肌の手入れとか全然してないでしょう」

「手入れ、ですか？　ちゃんと朝と夜にはセッケンで洗いますけど……」

それ以外に何をするのか分からない。

「そのあと、ローションと乳液は？」

「使ったことないです」

「ヒゲは薄い方みたいだけど、ヒゲ剃《そ》りあとも何もしてないよね？」

「はい……」

和弥の返事に、宮内がさっきより大きくため息をついた。

「あのね、顔を洗ったあとにはローションや乳液で肌を整えないとダメだよ。ヒゲを剃ったあとなんかもちろん」

「でも、俺、男だし……」

「男でもだよ。今は見た目に変化がないから油断してるかもしれないけど、今から気をつけておかないと、酷いことになるよ」

宮内はそう言ったが、普段自分が被写体になることなんてないから、あまりにもだらしなかったり不潔っぽかったりするのは論外だけれど、そこまで気を使う必要を感じない。

和弥がそう思っているのが分かったのか、宮内はそのまま言葉を続けた。

「ガサガサの肌で目の下にクマができてるようなだらしない男の前で、モデルがいい笑顔を作れると思う？　プロのモデルは相手に関係なくいい顔を見せてくれるけれど、プラスα《アルファ》を引き出すのは写真家だよ？　美意識の低い人間を相手に仕事をすると、テンションが下がっちゃうでしょう？」

「あ……」

なんとなく分かる気がした。そういえば僚司はちゃんと肌の手入れをしている。それは単に外見を気にする性格だからとか、そういう理由だと思っていたが違うのかもしれない。

「女の子みたいにファンデを塗ったりしろとまでは言わないし、そこまでやるのはどうかと思うけど、ローションと乳液で肌を整えたら、せめて夏は日焼け止めを塗ること。和弥くんは肌が白いからあとあとシミが出ると目立つよ」

そう言う宮内の肌は間近で見てもとても綺麗だった。もともと綺麗な人だとは思っていたけれど、こうして意識してみると透き通るような綺麗な肌だ。

「宮内さんの肌は、凄く綺麗ですね」

思わず、思ったことが口に出た。その言葉に宮内は一瞬驚いたような顔をして、それから少し苦笑した。

「ありがとう。職業柄、いろいろ気を使ってるからね。肌荒れやら吹き出物だらけの人間にメイクを安心して任せようなんて気にはなれないだろ？」

確かにそうだと思った。

——俺、全然自覚ないな……。

人と接する——特にモデルや俳優、女優といった美意識の高い人と会うことの多い職業だというのに、まったく『普通』に過ごしていた。

僚司に言われたことはなかったから、それでいいんだと思っていたけれど、多分こういうことは自分で気づかないといけないことなんだろう。

――今度、薬局に行ってローションとかいろいろ買おう。メンズ用化粧水とかも売ってたはずだし……。

いろいろ反省しながら、そのあとはただ宮内にされるままおとなしくしていた。

メイクと衣装をつけての準備が整ったのは宮内が指定した一時間半よりも少し早い時間だった。

「思った通りだ、和弥くん、凄く綺麗だよ。もともとの顔立ちが綺麗だから、こうしてメイクをすると本当に映えるね」

準備ができたと聞いてやって来た日高は、和弥を見るなり笑顔を浮かべて言った。

「あの……来られなくなったモデルさんって、女の人だったんですね」

笑顔の日高に対し、和弥は物凄く複雑な顔で聞いた。

綺麗にメイクをしてもらって、そのあと着替えたのだが、用意されていた衣装は白の柔らかなシフォンを幾重にも重ねたスリップドレスと共布のショールだった。

さらに髪にも裾《すそ》だけ長くなるように部分ウィッグをつけられた。

「うん、そうなんだ。でも来てもらう予定だったモデルさんも女っぽい人じゃなかったから」

そうは言われても『女の人の代わり』が素人の自分につとまるとは思えなくて、ちゃんと返事ができなかった。

僚司に言われて、流される形でここまで来てしまったけれど、自分がこれから本当にちゃんとできるのかと、そう考えたら不安でたまらない。

そんな和弥に、日高は自分のイメージを伝えるために言葉を続けた。

「今日の仕事は、今度新しく開館する美術館のイメージパンフレットとポスターなんだ。自然をテーマにして、透明感とか、そういう感じで撮りたいと思ってる。だからモデルもできるだけ肉感的じゃなくて、空気に溶け込んでしまいそうな儚《はかな》いような感じを求めてたんだ。中性的っていうよりは、性別が無い、そんな雰囲気で」

日高がイメージするものは大体伝わってきたが、それでも不安が先行する。

「とりあえず、撮り始めよう。そのうち慣れると思うから」

日高はそう言って硬い表情のままの和弥の肩を軽く叩いて、セッティング場所へと向かう。

そこは綺麗な白樺《しらかば》の木立で、足元は芝生だった。

「裸足で、適当にそのあたりを歩いてみて」

適当にと言われ、歩きだした。簡単なことだ。ただいつもみたいに歩けばいいんだから。

そう思うのに『ただ歩く』のを、日高と宮内がじっと見つめていて、緊張した。

「和弥くん、普通にでいいよ?」

ファインダー越しに和弥の様子を見ながら日高が言う。

それに頷いたけれど、『普通に』を意識すればするほどできなくなる。

こんな風に撮影される側になるのも初めてなのに、その初めてが女装で、足元がスカスカして落ち着かない。

いっそ上半身が裸だったりするほうが開き直れるのに、スリップドレスの胸元が気になって、必要以上にショールを引っ張ったりしてしまう。

多分、十分も経っていなかったと思うが、あまりに和弥の様子がぎこちなくて表情も硬いので日高は一度撮影を止めた。

「ちょっと休憩しよう。亨、和弥くんの髪とメイク直してあげて」

日高の声は穏やかだったが、困った、という気配がはっきりとあった。

「すみません、俺……」

自分の不甲斐《ふがい》なさに和弥は泣きたくなった。

「撮られる側になるの、初めてなんだから仕方ないよ。急な話だったし」

優しく言われると余計につらくて、和弥は俯《うつむ》いた。

「和弥くん、こっちへ」

その和弥を少し離れたところにいた宮内がメイク直しのために呼び寄せる。

言われるままに用意されていた椅子に腰を下ろしたが、情けなさに和弥は宮内を見ることもできず、ずっと俯いていた。

今まで僚司の撮影を見てきて、モデルの動きや表情のぎこちなさに、もっと普通にすればいいのにと思ったことが何度かあった。

けれど、撮られることがこんなに緊張するなんて思わなかった。

「和弥くん、しっかりしてくれないと困るよ」

和弥の耳に、宮内の冷静な声が響いた。

その声に和弥は弾かれたように顔を上げる。目の前の宮内はまっすぐに和弥を見ていた。

「確かに急に頼んだのはこっちだし、初めてで戸惑うのも分かる。それに、南雲さんと日高さんが勝手に決めて、成り行き上仕方なくっていう感じだったのもね」

そういう宮内の声は、決して和弥に同情を寄せるものではなく、ただ事実を淡々と述べるものだ。

「でも、最終的に引き受けるって決めたのは和弥くんだろう？」

「……すみません」

そうだ。あの時に断ることだってできたのにしなかった。もし断っていれば、日高は他のモデルを使うという選択だってできたのだ。

「僕も日高さんも、君にプロの仕事なんか求めてない。だからって努力まで放棄されると仕事にならない。引き受けたなりの責任はとってもらわないと困るんだ」

返す言葉もなく、和弥は唇を噛む。その和弥に宮内は静かな声で続けた。

「……日高さんの写真は見たことあるよね？」

和弥は頷く。視界の端では日高がファインダーを覗きながら撮影ポジションを入念に確認していた。

「だったら分かるはずだよ。あの人は和弥くんを最高に綺麗に撮ってくれる。僕のメイクは信じられなくても日高さんの腕は信じられるはずだ」

「そんな……、俺、宮内さんのことも信じてます」

「だったら、カメラの前でもっと自信を持って。いいね」

宮内はそう言うと俯いている和弥の顔を強引に手で上げさせた。そして手早くメイクと、引っ張りすぎて乱れたショールを直す。

――宮内さんの言う通りだ……。もっと責任持たないと。

和弥は自分に言い聞かせるように呟いた。

休憩を挟んだあと、再開された撮影では、和弥はできるだけ顔を上げた。表情を作ったりすることはできなかったが、それでも日高が話しかけたりしてくれたおかげで、さっきみたいな酷く硬い表情にはならなかったと思う。

三十分ほど撮影したところで太陽がかなり大きな雲の中へ入り、再び出てくるまでの間休憩になった。

「お疲れさま」

休憩スペースのテーブルに戻ると、宮内がそう言いながら和弥にコーヒーを差し出す。

「ありがとうございます」

お礼を言って受け取ったものの、宮内にさっき注意をされたせいもあって和弥はなんとなく気まずかった。

ただ、さっきと違って日高もいて、宮内と二人きりじゃないということだけは救いだ。

宮内と日高は別の仕事の話をし始め、それを和弥は聞くともなしに聞いていたが、さすがに一緒に長く仕事をしているだけあって、二人の会話はほぼ暗号状態に近いほど短い。

それでも二人は十分に理解し合っている様子で、思わず和弥は自分と僚司とのことを比較していた。

——あんなふうになれたらいいなぁ……。

羨ましくて、心の中でため息をつく。

もっと頑張って僚司の役に立てるようになりたい。

写真を始めた頃は、いつか僚司のように有名な写真家になりたいと思っていた。

けれど今は自分で独り立ちするよりも、僚司のところにずっといたいと思い始めている自分がいる。

そんなことは、絶対にできないと分かっているのに。

でも、僚司のそばにいたくて——。

そんな和弥の思考を遮ったのは日高の携帯の着信音だった。何か難しい話なのか日高は席を立って少し離れた場所へと行ってしまい、和弥は宮内と二人きりになってしまった。

多分、気にしなければいいのだろうけれど、やはり気まずさは変わらない。

宮内は休憩に入ってから三本目のタバコに火をつけた。

今まで長い時間宮内と一緒にいたことがなかったから、ヘビースモーカーだと話には聞いていても実感はなかったが、それは本当だった。

最初にメイクをしてもらった時には灰皿には一本の吸い殻もなかったのに、撮影が始まってから今までの一時間たらずで灰皿には五本の吸い殻が転がっていた。

宮内は火をつけたタバコを一口吸い込んで、軽く空を見上げるようにして細く長い煙を吐き出したあと、おもむろに口を開いた。

「和弥くん、さっきはキツいこと言ってごめんね」

そんな風にあやまられて和弥は慌てて頭を横に振る。

「いえ！　宮内さんは悪くないです。俺が無責任すぎたから……」

宮内の言ったことは正しい。だが宮内は穏やかな笑みを浮かべて言った。

「ううん……八つ当たりも交ざってたんだ、さっきのには。日高さんが和弥くんのことをあんまり褒めるから、僕は和弥くんに嫉妬《しっと》したんだよ」

意外な言葉に和弥はただ宮内の顔を見る。宮内はその和弥の顔をまっすぐに見ながら、穏やかな表情のままで言葉を続けた。

「僕は日高さんのことが好きだから」

突然の告白にどう返していいのか、和弥には言葉を見つけられなかった。

「だから和弥くんに嫉妬したんだ。日高さんは和弥くんのこと……」

宮内は一度言葉を切り、軽く間を置いた。

「日高さんは、和弥くんのこと物凄く気に入ってるから」

確かに、いつも優しくしてくれるし、可愛がってくれてるとは思う。けれど、それはただ僚司が横暴なのを見かねて、たとえるなら、継母《ままはは》や意地悪な姉にいじめられるシンデレラを庇うようなそんな感じだと思う。

「俺は……てっきり宮内さんは、うちの先生のことが好きなのかと思ってました。凄く仲がいいし、うちの先生のこと庇うっていうか、その……」

空港でだってそうだったし、その前にスタジオで会った時もそうだった。

戸惑いつつ問う和弥に宮内は答えた。

「日高さんが、南雲さんから和弥くんを横取りしようとして和弥くんの前で悪口ばっか言うからね。僕としてはそれで和弥くんが日高さんになびいてくるとおもしろくないじゃない。だから、南雲さんは正しいんだよ、和弥くんは南雲さんについてけばいいんだよって、まぁ姑息《こそく》な手だよね。ああ、でも好きは好きだよ。日高さんに対するのとは意味が違う『好き』だけど」

さっきから物凄い爆弾発言を繰り返しているのに、この人はどうしてこんなに穏やかなんだろうと和弥は思う。

「日高先生に告白っていうかそういうのは……」

「できない」

「宮内さんに好きだって言われたら日高先生、きっと……」

「できないよ、僕は……」

宮内の表情が不意に曇る。

「僕は、今の状態を気に入ってる。それに仕事にプライベートを持ち込んでギクシャクするのも嫌だしね」

だが、そう言った宮内の表情はさっきと同じ、穏やかなものだった。

「だから、日高さんには和弥くんも内緒にして」

「はい」

自分の感情を悟られてギクシャクしたくないという宮内の気持ちは和弥にもよく分かった。

自分だって同じだから。

だからこそ、あの夜のことをなかったことにした。

「そういえば和弥くん、手は綺麗になったね」

宮内が不意に言い、和弥は自分の手を広げて見る。

「あ……、前は現像液で荒れたりして酷かったんですけど、うちの先生がハンドクリームを買って来てくれて、それ塗ったりとかしてるんで」

使うのがもったいなくも思えたけれど、せっかく買ってくれたんだから使わないほうが悪い気がして、毎日大切に使っていた。

そのおかげで和弥の手は前に比べると格段に綺麗だ。

「ああ、そうなんだ。前から気になってたんだ。さかむけができたりしてたしね」

宮内はタバコを消すと和弥の手を取った。

「うん、さかむけも綺麗に治ってるね……。南雲さんもいいとこあるじゃない」

そう笑って宮内はそっと手を離す。和弥は小さく頷いた。

僚司にしてみれば多分どうってことのない話だろう。

けれど和弥にとってあれはとても大切な、宝物みたいな出来事だった。

「あ……そろそろ太陽が出てきそうだね。日高さんが戻ったらすぐ撮影に戻れるように、メイク直そうか」

空を見上げた宮内が言う。その宮内の顔は、もう仕事の顔になっていて、和弥も『被写体になる自分』をもう一度自覚した。


撮影を終えて和弥がホテルに戻ったのは六時前だった。

すでに僚司が戻っていることは、先に立ち寄ったフロントで聞いて知っていた。和弥は緊張しながら部屋のインターホンに指を伸ばす。

ホテルの部屋はすべてオートロックになっている。いつもシングルルームを二つ取るのはツインルームだと鍵が一部屋に一つしかなくて、こんな風に二人が別行動の時は何かと不便だからだ。例えばバラバラに出掛ける時に、鍵をフロントに預けたとしても、先に帰った側は連れが部屋に戻るまで眠ることができない。鍵は自分が部屋に戻る時に持って入っているからだ。

今も僚司が疲れて眠ってしまっていたら、起きるまでインターホンを鳴らすしかない。ただ僚司の寝起きはあまりよくないので、物凄く気が引けてしまう。

だが、インターホンを鳴らしてすぐ、中からドアが開けられた。もちろん、ドアを開けたのは僚司だ。

「遅くなって、すみませんでした」

出掛けた時の僚司の様子が様子だったから、和弥はまずあやまる。

だが、僚司は和弥の顔をどこか驚くような顔で見た。

「先生?」

「いや、お疲れ」

そう言うと部屋の中へと戻って行く。和弥もそれを追って足を進めると、僚司はソファーに腰を下ろし何か写真の束を手にしながら言った。

「早かったんだな、もっと遅くなるかと思った」

「野外での撮影でしたから……夕方には終わりました」

「そうじゃなくて、夕飯でもゆっくり食ってくんのかと思ってさ」

「いえ、日高先生たちは八時の便で東京へ戻るって……」

言いながら和弥は僚司の様子を窺う。

写真を眺めている横顔は怒ってはいない。話し方にしても普通だ。

「それで、初モデルの感想は？」

ふっと、写真を見る手を止め、僚司は少しからかうような声で聞いてくる。

「めちゃくちゃ疲れました。モデルさんって凄いんだなって心から思いましたよ」

「モデルなんていうのは、撮られることや見られることに向いてるヤツがなるからな」

「俺は絶対ダメですね。宮内さんとかに助けられてなんとかって感じでした」

そう言った和弥に僚司は笑った。どうやら機嫌はいいらしく、和弥はほっとした。

「亨のメイクなら、かなり化けたんじゃねぇのか？」

「多分、そうだと思います。あの、今日の仕事はどうでしたか？」

これ以上話すと日高の話になりそうで、そうなると僚司の機嫌が悪くなるかもしれないので、和弥は話を変えた。

だが、一番和弥が気になっていることでもある。

「撮影？　別に順調だったぜ。天気も良かったし、モデルも言うこと聞くし。久しぶりにいい写真が撮れたって感じだな」

その僚司の返事に和弥はどこか傷ついた。

撮影が順調だったのは喜ぶべきことだし、僚司がいい写真を撮れたなんていうのは本当に珍しくて、だから本当にいいことだと思う。

ただ、自分がいない日が順調でいい日だった、という事実が辛かった。

——俺がいなくっても、大丈夫なんじゃん……。全然、困ったりとかしないんじゃん…。

それはまるで、自分の存在を否定されたようなそんな気がする。

「おまえ、写真の撮り方はうまくなったけどさ、構図の取り方もうちょい勉強しろよ」

「え？」

不意にそんなことを言った僚司に、知らないうちに俯いていた顔を和弥は上げた。

僚司は片手に持った写真の束をちらつかせながら、もう片方の手で和弥を呼び寄せる。僚司が手にしていたのは、この前和弥が現像しておいた写真だった。

「先生、わざわざここまで持って来たんですか……？」

「こんな時でもなけりゃ、ゆっくり見てやれねぇだろ」

確かに、普段は僚司の仕事が優先でゆっくり見てもらえることはない。だが、僚司が自分の意志で見てくれようとした、ということが驚きなのだ。

「なんだよ、その鳩《はと》が豆鉄砲食らったみてぇな顔はよ」

「いえ、びっくりして」

「そんなにびっくりすることか？　師匠が弟子にモノ教えるのが」

本来なら驚くことでもないだろうが、それを言っているのが僚司だと十分驚きに値すると和弥は思う。

「まぁ、いいけどよ。とりあえず、この二枚だけどな……」

僚司は和弥に構図についていろいろと説明し始めた。

今までにも教えてくれたことはあったが、どこか面倒臭そうな気配があったのに、今日はやけに熱心で丁寧だ。その上、

「一日、一緒に写真でも撮りに行けばもっと分かりやすいんだろうけどな……」

そんなことまで言い出して、本当に僚司はどうしたのかと思う。

「またおまえはそういう顔する」

どうやら顔に戸惑いがはっきりと出ていたらしく、僚司は苦笑した。

「俺だって、そろそろちゃんと教えてやんねぇとマズいとは思ってたんだよ」

僚司がそう言った時、部屋のインターホンが鳴った。優しい僚司に困惑して、どう返していいか分からなかった和弥は助け船を出されたように、ドアへと向かった。

覗き穴から見ると、そこには今日の撮影に来ていた数人のモデルがいて和弥はドアを開けた。

「和弥くん、帰ってたんだ？」

ドアを開けた和弥に一人のモデルが問う。

「ええ、さっき」

和弥がそう答えている間に、他のモデルは室内へと乱入していった。

「センセイ、見つけタ！　遊びニ連れてって。約束デショ？」

「あぁ？　そんな約束したか？」

三人の外国人モデルと、二人の日本人モデルに囲まれて僚司が首を傾げる。それに和弥と話していたモデルが口を挟んだ。

「先生、ボケるには早いんじゃないの？　『いい写真が撮れたら今夜は俺が食事に連れて行ってやる』って言ったじゃない。だから頑張ったのに」

それにモデルたちが一斉に、連れて行けコールを始め、僚司は苦笑いをしながらイスから立ち上がった。

「分かった、連れてくよ。まったくおまえらはこういう時だけ一致団結しやがって」

僚司のお言葉にモデルたちから歓声が上がる。そんな中、僚司は和弥へと視線をやった。

「おまえも飯まだだろ？　一緒に来るか？」

そう言われたが、和弥は首を横に振った。

「いえ、俺はいいです。疲れちゃって……」

「飯は？」

「ルームサービスを頼んでいいですか？　鍵、一つしかないし。先生持って行って下さい」

「こういう時、ツインは不便だな……。ちゃんと食えよ」

「はい」

「それから、遅くなるかもしれねぇから、先に寝てろ」

「分かりました」

和弥はそう言って僚司たちを見送った。

そしてみんなが出て行き、部屋に一人になると途端に疲れが押し寄せてきて和弥はベッドへとダイブする。

あのあと、撮影は順調だったけれど、まったく慣れないことばかりで、精神的にかなり疲れてしまって、もう部屋から一歩も出たくないというのが本音だ。

それに――モデルに囲まれている僚司なんか見たくない。

「一人前に嫉妬かよ」

好きだとさえ言えないくせに。

そんな自分を和弥は嘲笑《あざわら》った。

ルームサービスで頼んだ簡単な夕食を済ませ、お風呂も済ませてしまうと緊張が解《ほぐ》れたのか眠気が押し寄せてきた。

まだ随分と早い時間だったが、僚司は先に寝ていていいと言ったので、和弥はさっさとベッドに入った。

眠りに引きずり込まれたのはすぐだったと思う。

そして夢に、また吉宗が出てきた。

吉宗は寝転がっている和弥の頭を鼻先で撫でるようにして、やっぱりベロベロと顔を嘗めてきた。耳の中まで嘗めてくるのがくすぐったくて、逃げようとするとのしかかってくる。

——吉宗、重いよ……。

そう言う口をまた嘗めてきて、舌が入り込んできた。入り込んできた舌は何か苦い味がして、吉宗は何を食ったんだと思う。

——もう、本当に重い……。

本気でどかせようと嘗めてくる吉宗の顔に手を伸ばし——ふっと意識が覚醒《かくせい》した。

「ん……」

薄く目を開くと、目の前にはほの暗いナイトランプの明かりに一人の男の姿があった。

「せんせい……？」

和弥が言うと、僚司は和弥の目の上にそっと手を置いた。

「うなされてたぞ」

「うなされて……？」

何の夢を見ていたんだろう。さっきまで確かに何かの夢を見ていたのに、記憶は霧散してしまい思い出せなかった。

「寝てろ」

僚司はそう言うと和弥のベッドから立ち上がった。

何かいろいろ考えないといけないようなことがある気がしたが、すぐにまた眠りが和弥を捕まえて、和弥は結局そのまま朝まで眠り続けた。

4

「和弥、これのレンズ交換しといて。それからライトの位置変え。右のライトをもう少し左よりに」

「はい」

和弥にカメラを手渡しながら、僚司はテーブルの上に置かれたタバコを手にした。

「あ、もう終わりじゃん」

最後の一本を銜えると空箱を握り潰してゴミ箱へ投げ捨てる。

「俺、買いに行ってきます」

そう言って、受け取ったカメラを置こうとした和弥を僚司が手で止める。

「いや、いい。俺が行くから」

僚司はタバコに火をつけると、本当に自分でタバコを買いにスタジオから出て行った。

北海道の仕事から二週間。あれから僚司は随分と変わった。

和弥をあまり、というよりもほとんど怒らなくなった。それどころか今までなら家に戻ったらすぐにデートに行くか、酒を飲んでゆっくりするかだったのに、和弥に細かいことまで教えるようになったのだ。

――絶対ヘン。

写真のことを教えてもらって、それは嬉しいはずなのにあまりに急激な僚司の変わりように和弥は不安を感じていた。

「ねぇ、和弥ちゃん」

レンズの交換を終え、ライトを直しているとモデルのヒナという少女が近づいて来た。

ヒナは二十歳になったばかりだが、ローティーンの頃から雑誌モデルの仕事をしていて、今では一、二を争う人気のモデルだ。

「最近せんせー、ちょっとおかしくない？」

その問いに和弥は手を止め、彼女を見た。

「なーんか、やけに穏やかでさぁ……。ちょっと前まではデートに誘ったらダブルブッキングしようとどうしようとへーキで『出て来いよ』とかって言ってきたりしてたんだよねぇ」

それはそれで問題だと思うのだが、彼女を含めた他の僚司の恋人たちも自分が『大勢の中の一人』だと知っているから、食事でダブルブッキングくらいは平気というか、平気でなければ僚司とはつきあえないということなのだろう。

以前、和弥が巻き込まれた修羅場の三人があれっきりになっていることを考えても、おおむねそういうところだと思う。

「でもさぁ、最近誘っても『悪いな』って断り入れてくるんだよねぇ」

「え？　そうなんですか？」

全然知らなかった。

確かに遊びに行く時間を減らして和弥にいろいろ教えてくれてはいるが、それでも和弥は八時過ぎには僚司のところを出る。

そのあとで遊びに出掛けているとばっかり思っていたのだ。

「もしかしてさ、本命とかできたのかなって、他の子と話してたりするんだけど、和弥ちゃん何か知らない？」

「本命……」

思わず繰り返した。

「そ、本命。だからその人に誠意見せてんのかなって思ったりもしてさぁ。ここ一週間くらい、いろいろみんなに聞いてみたりしても、せんせーと会ったっていう子、いないんだよね。だから絶対ビンゴって思ってるんだけど」

考えられない話じゃない。

本気で好きな人間ができたから、和弥に仕事を教えて早く独り立ちさせようとしているのかもしれない。

けれど、どうにも『本命』ができたような、華やいだ雰囲気に欠ける気がする。

「俺は、思い当たるようなことはないんですけど」

「そうなの？　和弥ちゃんなら何か知ってるんじゃないかと思ったんだけどなぁ……。ていうか、和弥ちゃんが本命なんじゃないかなって思ったりしたんだけど」

「はぁ？」

ヒナの言葉に和弥は困惑して眉を寄せた。

「そんなことあるわけないじゃないですか」

何をどうしたらそんな風に思うのかさっぱり分からない。だがヒナは『あら』とでも言うような顔をした。

「だって、せんせー男でも女でもカンケーなしじゃない？　それに和弥ちゃん最近すっごい綺麗になったし、肌なんかびっくりするくらいスベスベだし」

「肌はちゃんと手入れするようにしたんです。このまえ、宮内さんから化粧水とか一式もらっちゃったから……」

北海道から帰ってすぐ、和弥の元に宮内から荷物が届けられた。そこに入っていたのはローションや乳液などで、それらはみんな和弥の肌質に合うものがセレクトされていた。

しかも、和弥がドラッグストアで買おうとしていたものよりも一桁《ひとけた》違う商品ばかりだ。もらってしまうのが申し訳なくて、お金を支払おうとしたのだが宮内が受け取るはずもなく、それどころか『ちゃんと使ってくれる方が嬉しい』と言われてしまった。

それに応えるためにも和弥は毎日かかさずもらった化粧品で手入れをしているのだ。

「ふーん、そうなんだ。てっきり恋のチカラかと思ってた」

予想が外れたのがよっぽど意外だったのか、ヒナは少し唇を尖らせた。

「すみません、期待はずれで」

「別に、和弥ちゃんが謝ることじゃないけどさ。……でも、何もないにしちゃ、せんせーの様子ちょっと変よね。人間、死期が近づくと様子が変わるっていうけど、まさかね……」

ヒナは笑いながらそう言ったが、確かにそれくらいの感じで僚司は変わったのだ。

「もう若くないって自覚したんじゃないですか？」

湧き起こった不安をかき消すように和弥は返す。

「言えてるかも。だってせんせーと私、干支《えと》一緒だもんなぁ」

あっけらかんというヒナに、和弥は思わず『犯罪』と心の中で呟いた。

——性別が関係ないってだけじゃなく、年齢制限もないもんな、先生……。

そんなことをぼんやりと考えながら和弥は仕事を続けた。


撮影が無事に終わったのは、いつもより少し早い時間だった。

「お疲れさまでしたー」

「お疲れー、せんせー、和弥ちゃんまたねー」

明るい声でヒナや他のモデルたちがスタジオを出て行く。彼女たちに軽く会釈をしながら、和弥はスタジオの片付けを始めた。

「和弥、こっちは俺がやるから、おまえあっち片付けて来い」

そんなことを言うのも最近の僚司の変わったところだ。今まで片付けはすべて和弥の仕事で、僚司はその間タバコを吸って休んでいて、片付ける和弥を見ながら遅いだの何だの、いろいろ文句を言ったものだ。

「いいですよ、先生は休んでて下さい」

「二人で片したほうが早く終わるだろ」

「それはそうですけど……」

今まで全部自分でしていたからか、僚司に片付けをさせるのが申し訳ない気がする。

──まさか、片付けがいつも遅いから、いい加減呆れて？

ついそんな風に考えてしまう。

「今日は早めに終わったし、さっさと片して帰ろうぜ。おまえ、一昨日の午前中に写真撮りに行ったんだろ？　帰ったらそれ見てやるよ」

絶対におかしい。

一昨日の午前中だって仕事がなかったわけじゃない。僚司には雑誌のインタビューの仕事が入っていて、今までならそれにも和弥は同行して小間使いのように近くに控えさせられていたのだ。

それなのに、一昨日は僚司が『インタビューの間、外で写真を撮って来い』と言って和弥を自由にさせた。

和弥に聞かせたくない内容のインタビューかとも思ったのだが、本に載ればどうせバレるんだし、そういうわけじゃないと思う。

純粋に和弥に写真を撮りに行かせるためにそうしたのだと思うが、僚司は今まで『わざわざ時間を作らなくても、合間を見て撮っとくもんだ』と言うのが持論だった。

それを考えると、本当にこのところの僚司の優しさは怖いくらいだ。

「ほら、さっさとあっち片付けて来い」

呆然《ぼうぜん》と立ち尽くしている和弥に怒るでもなく、僚司は苦笑して促す。和弥は促されるまま片付けをしに向かった。

二人だと本当にあっという間に、片付けが終わった。

「忘れ物ねぇか?」

「ありません、大丈夫です」

確認する声に和弥が答える。

「じゃあ出るか……」

そう僚司が言った時、スタジオの扉が開いて日高が顔を出した。

「日高先生」

「やぁ、しばらくだったね。あれ、もう片付けも終わったんだ」

スタジオの中がすっかり片付いているのに日高が少し驚いたような顔を見せる。

「さっきヒナちゃんに会って、撮影が終わったところだって言ってたから、まだ片付けの最中かと思って来たんだけど」

その日高に、

「日高、何の用だ」

僚司はまるで必要以上の話を断ち切るように先を促した。

「ああ、この前北海道で和弥くんにモデルをしてもらったポスターのサンプルが上がってきたから見せに来たんだよ」

日高はそう言って、手に軽く丸めて持っていたポスターの筒を見せた。

「広げて見せろよ」

僚司が言うのに日高はポスターを丁寧に広げた。

「まだ文字のレイアウトなんかは決まってないんだけれどね」

鮮やかな緑と、美しい白樺並木。

その風景の中に溶け込むように裸足で立ち、軽く首を傾げてこっちを見つめる人物――それは自分だった。

けれどまるで自分ではないもののように見える。

確かに自分だと分かるのに、鏡でいつも見る自分とはまったく別の顔をしていた。

「どう？」

日高が感想を求めるように和弥の様子を窺う。それに答えようとした和弥の顔に、僚司は不意に手を伸ばした。

「あ……」

戸惑う和弥の顎を手で捕らえると、右を向かせたり、左を向かせたり、仰向《あおむ》かせたりといろいろしてから手を放す。

「随分と綺麗に化けたじゃないか。亨も腕の振るい甲斐があっただろうな」

「メイクそのものはナチュラルメイクだったよ。和弥くんの顔立ちが綺麗だからここまで映えるんだ」

日高の説明に僚司はどこかバカにしたような表情を見せた。

「まぁ、和弥の鶏《とり》ガラボディもこれに関しては生きてるな。柔らかさに欠ける部分は衣装がカバーしてるし。日高、おまえらしい、いい写真だよ」

「おまえが褒め言葉を口にするなんて珍しいじゃないか」

日高が驚いた顔で僚司を見たが、僚司は軽く髪をかき上げると胸ポケットからタバコを取り出した。

「いいモノはいい。それだけのことだ」

「そう言ってもらえると、あの日和弥くんを無理やり借り出した罪悪感が少しは拭える気がするな」

日高はそう言ってからもう一つ手にしていたポケットアルバムを取り出した。

「それからこれ。あの日の写真からいろいろセレクトして来たから記念にもらって」

「ありがとう…ございます」

なんだか気恥ずかしかったが、せっかく日高は持って来てくれたのだからと差し出されたそれを和弥は受け取った。

だが、すぐに横からひょいと手を伸ばし、僚司が奪い取る。

「僚司……」

「なんだよ、先に見るだけだろ」

咎めるように名を呼んだ日高に、僚司は悪びれた様子もなく言ってタバコを吸いながらアルバムを見始めた。

「まったく仕方ないな……」

少し困ったような笑みを浮かべてから、日高は和弥に向き直った。

「それで、このお礼に和弥くんを食事に招待したいんだけど、今日はこれから空いてる？」

「あ……今日は…」

これから家に戻って僚司に写真を見てもらうことになっている。

だが、それを抜きにしても断ろうと思った。

なぜならアルバムを見ている僚司の表情が、どんどんおもしろくなさそうなものへと変わり始めていたからだ。

「都合が悪い？」

問い重ねて来た日高に和弥が答えるより早く、僚司が口を開いた。

「行って来いよ、和弥」

その言葉に和弥は目を見開いて僚司を見た。

「先生……」

「せっかく誘われてんだ、いいモン食わしてもらって来い」

「でも先生、さっき今日は写真を見てくれるって……」

それが日高の誘いを断る唯一の正当な理由だった。それなのに、

「心配すんな、帰ってから見てやるよ。その間、俺も遊びに出るし、それでいいだろ？」

そう言われると納得するしかなくて、和弥は頷いた。

「分かりました。じゃあ、日高先生にごちそうになって来ます」

「ごまかされねぇで、高いモン頼めよ」

からかうように言った僚司は怒っているようには見えなかったが、和弥は心配で仕方がなかっ

た。

「じゃあ僚司、このまま和弥くんを借りていって構わないか？」

日高が聞く。それに僚司は吸っていたタバコを灰皿へと押し付けながら答えた。

「ああ。帰りは俺の家まで送って来いよ」

「分かってる。じゃあ和弥くん、行こうか」

日高がそっと和弥の肩に手を回す。だが、

「先生、俺、駐車場まで荷物運びます」

このまま食事に行くとしても、せめて自分の仕事だけはちゃんとしてから行きたくて、和弥はそう言った。

「いい、俺一人で十分だ」

「でも……」

「いいからさっさと行け」

僚司はそう言うと荷物を本当に全部一人で持ち、ドアへ向かって歩きだす。それに和弥は先回りをして扉を開けた。

「サンキュ、じゃあな」

僚司はそう言うと駐車場へと向かって出て行った。その背中を何とも言えない気持ちで見送る和弥の肩を、日高が軽く叩いた。

「和弥くん、行こう」

その声になんとかして笑顔を取り繕おうとしたけれど、できなくて、和弥はただ小さく頷いた。


日高が連れて行ってくれたのは、とてもお洒落《しゃれ》なフランス料理の店だったが、気取りのないとてもいい店だった。

そこでゆっくりといろんな話をしながら食事をしたあと、もう少し話がしたいからと言われ、日高がよく行くというバーへ行った。

十ほどのカウンター席とテーブル席がやはり十くらいの、ほどよい大きさの店で、スタンダードのジャズナンバーが控えめな音量でかかっていた。

まだ客が集まるには早い時間なのか、テーブル席に二組がいるだけでカウンター席は空いていた。日高はまっすぐカウンター席に向かい、隣の席を和弥に勧めた。

和弥が腰を下ろすとすぐにバーテンが中からメニューを開いて差し出す。

聞いたこともないようなカクテルの名前が並んでいて、和弥が戸惑っていると、

「ああ、和弥くんはアルコールはあまり飲まないんだったね。誘って悪かったかな」

日高が申し訳なさそうに言った。

「いえ、そんなことは。あの、アルコールのあまり強くないのってありますか？」

和弥が問うと、バーテンは、

「ノンアルコールのサラトガクーラーなどはいかがですか？　ライムジュースにシュガーシロップ、それにジンジャーエールを軽くステアして作りますが」

そう言ってくれた。

この前、グラス二杯のワインであっさり眠ってしまった和弥としては、ノンアルコールの方がありがたい。

「じゃあ、それをお願いします」

「かしこまりました。日高様はいつものでよろしいですか？」

その言葉に日高が頷くと、バーテンはカウンターの中でカクテルを作り始めた。

その間に同じようにカウンターの中にいた別のバーテンが日高の前に氷とグラス、そして日高のプレートのかけられたウィスキーのボトルを用意した。

日高はグラスに氷を入れるとウィスキーを注ぎ、軽くグラスを揺らした。

「ストレートで飲まれるんですか？」

「うん、割るのはあまり好きじゃなくてね。でもそんなに量は飲まないから。それに今日はこれからまだ和弥くん送っていかないといけないしね」

日高がそう言った時、そっとカウンターの中から和弥のカクテルが差し出された。

「じゃあ、乾杯」

日高はグラスを目の高さに持ち上げると、口をつけた。

和弥も出されたカクテルを一口飲む。ライムのさわやかな口当たりのカクテルだった。

「おいしい……」

「そう、よかったね」

日高が優しく笑う。

この人はどうしてこんなに優しく笑うんだろうと、時々和弥は思うことがある。

――日高さんは、和弥くんのことを気に入ってるから……。

ふっと脳裏に北海道で宮内が言っていた言葉が蘇った。

確かに気に入ってくれているというか、気にかけてくれているとは思う。けれど宮内が嫉妬するほどのことではないような気がした。

――あ、でも俺も先生が他の恋人の人とかと一緒にいたらいい気しないもんな……。好きな人のことはやっぱり気になるし…。

そう考えると、宮内の気持ちが分かる気がした。

「最近、僚司はどうしてる？」

その和弥の思考を遮るように日高が聞いた。

「最近、ですか？」

「うん、元気にしてる？」

「元気っていうか、元気ですけどちょっとヘンですよ」

和弥の言葉に日高は首を傾げた。

「ヘン？」

「ええ。最近、俺、怒られないんです」

それに日高は笑った。

「いいことじゃない。和弥くんが上達したってことでしょう？」

「だといいですけど……。それに今までは『技術なんかは見て盗め』みたいなこと言ってたのに、凄くちゃんといろんなことを教えてくれるんです。あと、あんまりデートとかにも行ってないらしくて……どっか悪いんじゃないかなって思ったりするんですけど」

「品行方正になって心配されるなんて、今までがどんなだったかよく分かるね」

苦笑する日高に、それもそうだと和弥も笑った。

「まぁ、元気っていうか、それならいいか……」

少し笑ったあと、日高は呟くように言った。

「何かあったんですか？」

「ん？　ちょっとね」

日高は少し、話そうかどうか考えるような間を置き、それから静かに口を開いた。

「もともと、僚司とは学校にいたころから何かと比較はされてきたんだけど、まぁ棲《す》み分けっていうか、ある程度の方向性の違いがあったから、特別仲は悪くなかったんだ。学校にいたころは結構一緒に飲みに行ったりしてたしね」

確かに昔から仲が悪かったのなら日高がわざわざ僚司の現場へ訪ねてくることはないだろう。けれど、僚司は日高が来るとすぐにイヤミみたいなことを言ったりするし、日高の忠告に嚙み付くことが多い。

日高にしても、普段の日高を見ているとそういうことがあっても軽く受け流しそうなのに僚司に対してだけは違う。徹底的に言い負かそうとする節がある。

それを止めるのはたいてい宮内で……。

いや、考えてみれば和弥が僚司の弟子になりたての頃は今みたいじゃなかった。僚司と日高は仲がいいんだと思っていたくらいだったのが、いつの間にか今のようになっていた。

「一カ月くらい前、僚司、ちょっと荒れたりしてなかった？」

「一カ月前……」

そう言われて頭に浮かんだのは、あの夜のことだ。

酷く酔っ払って、機嫌がいいのかと思ったら、急にキレて——。

そのあとのことを思い出してしまって、和弥は急に自分の胸がドキドキしだしたのを感じた。

「物凄く酔っ払って帰って来た日はありました……」

「やっぱりね……。今度、ある雑誌が二十年くらい前に急に雲隠れしたみたいに芸能界から消えた『安達八重《あだちやえ》』って女優のロングインタビューをすることになってるんだ。引退以来、どこにいるかとか全然分からなくなってた人でね」

その女優の名前は何度か聞いたことがあった。時々テレビの回顧番組で『幻の女優』として扱われる女優だ。

「二十年ぶりに人前に姿を見せる、それも独占インタビューってわけだから、雑誌社側も当然力を入れててね。その撮影は僚司にって八割方決まってたんだ。『幻の女優を南雲僚司が撮る』なんて最高の宣伝だし。だけど——本人の希望があったらしくて、その仕事が俺に回ってきたんだ」

そう言った日高は、自慢するといった様子はまったくなくて、むしろ気まずそうだった。

「似たようなことは他のカメラマンとの間に前にもあって、まあそんなに珍しいって話でもないんだけどね。でも相手が僚司っていうのがどうにも引っ掛かってさ。なんか僚司の領域を侵したみたいで」

「そんなことがあったんですね……」

和弥は小さく呟いた。

だが、日高に対して僚司の態度がおかしかったのはそのもっと前からだ。

「もともと、俺が和弥くんと仲良くしようとしてるのも、僚司はおもしろくなかったみたいだしね。遊びに行くたびに、和弥くんと話そうとすると邪魔してきてたし」

「まさか……。先生が怒ったりするのは、僕が仕事をしないで日高先生と話しちゃうからだと思いますけど……」

和弥が言うのに、日高は少し笑った。

「和弥くんは、本当に真っ白で純粋だね」

その言葉の意味が和弥はよく分からなかった。

「俺が、和弥くんのことを好きだっていうのにも気づいてないでしょう？」

その瞬間、和弥の耳からすべての音が一瞬消えた。

——え？

和弥は呆然と日高を見つめる。それに日高は苦笑した。

「やっぱり気づいてなかったんだ？」

そう言われた時、あの日北海道で宮内に言われたことを思い出した。

——日高さんは、和弥くんのこと物凄く気に入ってるから——

『気に入っている』という言葉を額面通りに受け取ったのだけれど、あの時宮内は一度言いあぐねるような間を置いた。

宮内は知っていたのだと思う。

だから『嫉妬』だったのだ。

ただ、和弥に本当のことを言うとそのあとの撮影に差し障るから、わざと『気に入っている』

という言い方にしただけで。

「……すみません。普通に、気にかけてもらってるだけだと、そう思ってました……」

「和弥くんがあやまるようなことじゃないよ。それに普通は男に言い寄られる、なんて考えないだろうし」

日高はそう言ったけれど、多分自分がニブいんだと和弥は思う。

「こんなこと言われても、迷惑なだけだとは思うんだけど」

「そんなことありません……っ」

自嘲《じちょう》めいた日高の声に和弥は思わず否定の言葉を口にした。だからといって、日高の気持ちに応えられるとかそういう意味ではなくて、視線をそらして和弥は小さく続けた。

「ただ、急だったから、びっくりして……。俺なんか、いっつも先生に怒られてばっかだし、全然使えないっていうか」

「何言ってるの？　和弥くんはちゃんとやってるよ。最近、僚司がおとなしいって言ってたよね、さっき」

その問いに和弥は小さく頷いた。

「それって、多分僚司が焦り出したんだと思うよ」

「焦る？　どういう意味ですか」

さっきの女優のことだろうか？　だがそれと和弥に優しいのとどう関係してくるのか分からな

い。

「今までみたいにしてたら、和弥くんがヤメちゃうんじゃないかってそう思ったんじゃない？　和弥くんさえその気なら、俺はいつでも和弥くんに来てもらうつもりだし。北海道で俺が和弥くんに言い寄ったんじゃないかって危機感を持ったんだと思うよ」

確かに時期的な辻褄《つじつま》は合うけれど、そんなことが本当にあるだろうか？

もしそうだとしたら……嬉しい。

少しでも僚司に必要とされているということだから。

「それで、和弥くんの気持ちを聞きたいんだけど……単刀直入に言って、俺のことはどう思ってくれてるのかな」

日高はまっすぐに和弥を見つめ、聞いた。それに和弥は眉を寄せ、考え考えしながら口を開いた。

「日高先生のことは、優しくていい人だと思ってます。……恋愛感情とか、そういうのはその、考えたこともなかったし、分かんないっていうか…」

「うん、そうだよね」

和弥の中途半端な答えに日高は優しく笑った。

「でも、嫌われてないなら、ちょっとは期待してもいいかな、とか思ってるんだけど」

「それは、その……」

頭の中がグラグラして、ワケが分からなくなる。

日高のことは好きだけれど、それは恋愛感情じゃないし、これから恋愛に発展するようなものかどうかと言われると、困る。

——僕は日高さんのことが好きだから——

ふっと、宮内の顔と声が浮かんだ。

「俺なんかより、宮内さん……」

「亨？」

聞き返されて和弥は自分がうっかり口を滑らせそうになったのに気づいた。

——内緒だって言われてたのに……っ！

黙っていると疑われそうで、和弥は焦りながら言葉をつないだ。

「えっと、その、宮内さんって凄く綺麗な人だし…。日高先生のこと何でも分かってるって感じで凄く仲もいいし、それにいつも一緒じゃないですか」

ごまかすつもりだったのに、まるで宮内のことをどう思っているのかと問うような感じになってしまったが、軌道修正が利かなかった。その和弥の言葉に、

「亨のことは、そういう対象では見れないな」

日高は静かな声で言った。静かだったが、恋愛感情がない、というよりももっと別の理由があるような、そんな雰囲気の声だった。

「……どうしてですか？」

自分が首を突っ込むことじゃないとは思う。思うけれど、どうしても気になって聞いてしまった。

日高はしばらく黙っていたが、グラスに残っていたウィスキーを一気に呷《あお》ると、新しくボトルから注ぎ直しながら言った。

「和弥くんのことを信用してるから言うけれどね、亨は自分がそういう対象として見られることに嫌悪してる」

普通の男なら、自分が同じ男性から性的対象として見られることに少なからず嫌悪感を持つのは常識の範疇《はんちゅう》だと思う。

だが、その範疇を超える何かがあるからこそ、日高は最初に和弥に釘を刺したのだろう。

和弥は黙って日高の言葉の続きを待った。

「五年前、まだ亨が駆け出しだった頃の話なんだけど……この業界でかなり顔が利く人に亨は気に入られてね。その人、若くて綺麗な子に手をつけては捨てるって感じで、評判はよくなかったんだ。だけど、顔が利くだけに断ったりしたら仕事を回さないように裏で手を回したりするような人で、大抵の子は言うなりだった。亨も同じように言い寄られて、でもはっきりと断ったんだ。その直後から亨の仕事がなくなった。予定されてた仕事も全部キャンセルでね」

「酷い……」

「俺も僚司も何度か亨と組んで仕事して、年が近いっていうのもあって仲は良かったんだ。だから、亨が御大を怒らせて干されてるって話を聞いて心配はしてたんだけど、その頃ちょうど俺も僚司も海外で撮影したりしててあまり日本にいなくて、相談に乗ってやれなかった。まぁ、相談しろって言ったところで、亨は素直に相談してくるような性格じゃないんだけど……それでもそうしてやれてたらいくらかマシだったと思う」

ティリン、と日高の持っていたグラスの氷が解けて、音を立てる。そのグラスをじっと見つめ、日高は続けた。

「二カ月くらいした頃、久しぶりに僚司とホテルのラウンジで飲んでロビーへ降りてきた時、御大と一緒にエレベーターに乗り込む亨を見たんだ。亨は無表情で——でも俺たちに気づいた瞬間、泣きそうな顔をして……。止めようとした瞬間、エレベーターのドアが閉まった」

「どう、したんですか……。まさか宮内さん…っ」

最悪の事態を想像してしまって、和弥の眉が寄る。

「俺はどうしていいか分からなかった。けれど僚司は動くのが速かったよ。俺に二人の乗ったエレベーターが何階で止まるか見て携帯で連絡してこいって言って、自分は降りてきたばっかのエレベーターに乗って追いかけてった。俺は一階で二人の乗ったエレベーターが何階で止まるかを見てそれを僚司に伝えてから、あとを追ってその階へ向かった。俺が向かう間に僚司は二人が入った部屋を見つけてて……二人で乗り込んだんだよ、その部屋へ」

「無事だったんですね、宮内さん」

「半分、剝かれてはいたけどね」

その言葉に和弥はほっと息をついた。

「でも、亨のプライドはズタズタだったよ。仕事のために体を売ろうとしたのを俺たちに見られて……。何より、そんな汚い男に屈した自分が許せなかったんだろうと思う。そのあとも相変わらず亨に入る仕事はほとんど無くて……食うに困らない程度にって思って俺の仕事について来てもらうようになって。気がついたら亨は俺の専属みたいになってた。今は亨の名前だけでいくらでも大きな仕事が来るのに、恩を感じてるのか俺との仕事を優先してくれてる」

そうじゃない、と和弥は言いたかった。

宮内が日高との仕事を優先するのは、日高のことを好きだからだ。

もしかすると、その事件の前から宮内は日高のことが好きだったのかもしれない。だからこそ、体を投げ出そうとしたところを見られた日高に好きだと言えないのかもしれない。

「それで、その…悪い人はどうなったんですか?」

そんな場面に乱入して宮内を奪い返した二人を、『誘いを断った』という理由だけで宮内を仕事から干した男が放っておくはずがないと思った。だが、

「さぁ……、一カ月くらいしたら消えちゃったからね、その人」

そう言って、日高はどこか人の悪い笑みを浮かべる。

「消えちゃったって……」

「死んだわけじゃないけど、そのあとイロイロ後ろ暗い話や写真が表に出てね。そのあたりのことは僚司の方が詳しいよ」

はぐらかすように日高は言ったが、日高と僚司が組んで何かしたのだろう。

「まぁ、そんな事件があったせいだと思うんだけれど、亨はそういう対象で見られることに対して反応が過剰でね」

「そうなんですか……」

返しながら、和弥は酷く複雑な気持ちだった。

もし、宮内の気持ちを知ったら、日高はどうするだろう。

「すっかり話がそれちゃったね」

ふっと日高が笑う。それに和弥は返答を迫られるのかと身構えた。

しかし日高は穏やかな笑みのままで言った。

「そんな顔しないで。もうそろそろ、自分の気持ちを隠してるのも限界っぽくて言っただけだから。返事を聞かせろ、なんて言って和弥くんを困らせるつもりはないよ。まぁ、告白したって時点で十分和弥くんを困らせてるとは思うけれどね」

その言葉にどう返していいのか分からなくて、和弥は飲みかけたままで氷が半分溶けてしまったサラトガクーラーを口にした。

口の中でまだ残っていた炭酸が小さく弾けて、その感触がまるで落ち着かない自分の心のようだった。

◇◆◇

日高のアルコールが少し抜けるまで一時間ほどバーで仕事の話をし、それから和弥は日高の車で僚司の家まで送ってもらった。

家の近くまで来ると、二階の僚司の部屋の電気がついているのが見えた。

「あ……先生、もう帰ってるんだ」

自分もデートに出掛けると言っていたし、九時半は僚司がデートから帰るのにはまだ早い時間で意外だった。

帰ってから写真を見てくれると言ってはいたけれど、そのために早く帰ってきたのだろうか？

「出掛けてないのかも知れないよ」

「え？」

日高の言葉に和弥は首を傾げる。日高は門の前で車を止めると和弥を見た。

「和弥くんが帰って来るのを、家でじっと待ってたんだったりして」

「まさか……。もし出掛けてないんだとしても、きっと家に帰ったら出掛けるのが面倒になったとかそういう理由ですよ、きっと」

和弥はそう言って笑う。

「まぁ、それも考えられなくないけどね」

思い当たるのか日高も笑った。その日高に、

「今日は、ごちそうさまでした」

お礼を言って、和弥は車から降りる。それを追って日高も車を降りてきた。

どうかしたんだろうか、と和弥は門の少し前で足を止め、日高の様子を窺う。近づいてきた日高はじっと自分を見つめる和弥に他意のない笑みを浮かべ——そのまま口づけた。

それはあまりに突然で、そして抗う隙《すき》もないくらいに自然で、和弥は身動き一つできずに立ち尽くした。

優しく触れていた唇がふっと離れた瞬間、

「人ンちの前でラブシーンか？」

乱暴に門扉の開く音とともに聞こえたのは僚司の声だった。

「先生……」

呟いた和弥の声は喉に張りついて、ほとんど音にはならなかった。

僚司は今までに見たこともないような形相で和弥へと近づき、乱暴に腕を摑んだ。

「痛……」

痛みに和弥が顔を顰める。だがそれに構わず僚司は和弥を引きずるようにして家へ連れて行こうとした。

その僚司の肩を日高が摑む。

「僚司、乱暴はよせ」

日高の言葉に僚司はいきなり日高を殴りつけた。

「っ!」

突然のことに身構えることができなかった日高はよろめいて膝《ひざ》をつく。

「日高先生っ」

和弥は僚司の腕を振り払い、日高の前に腰をかがめて様子を窺った。

「大丈夫ですか……?」

「ああ……」

顔を歪《ゆが》めた日高はそう返しながら、不意に唾《つば》を吐き出す。それには明らかに血が混ざっていた。

「血が……」

「大丈夫だよ」

心配してうろたえている和弥に、日高は優しく笑みを浮かべるとゆっくりと立ち上がる。そして僚司を挑発するように言った。

「おまえに殴られる覚えはないんだがな」

「てめぇ……っ」

また手を出しそうな僚司に、和弥は慌てて二人の間に割って入った。

「もう、やめて下さいっ」

責めるように自分を見つめる和弥に、僚司は忌ま忌ましげに舌打ちをするとフイッと踵《きびす》を返し、家へと戻って行った。

その背中を呆然と見つめる和弥の肩を、日高が軽く叩く。

「和弥くん、ごめんね」

それにハッとして和弥は日高を見た。

「いえ……。先生、大丈夫ですか？」

「俺は大丈夫、なんだかややこしいことになっちゃったね」

日高の言葉に和弥は頷くことも、言葉を返すこともできなかった。

どうして僚司がわざわざ出て来たのか、そして日高を殴りつけるほど、何に怒っていたのか。

何もかも分からないことだらけで……。

「俺は帰るけれど、和弥くんはどうする？　僚司も怒ってるし、このまま家に帰るなら送るよ」

「いえ…俺は、先生に会ってから帰ります。荷物も置いたままにしてるのあるから」

「そう…じゃあ、何かあったら電話しておいで」

日高はそう言うと車に乗り込み、帰って行った。

それを見送ってから和弥は家に戻った。僚司の姿は一階にはなく、和弥は二階の僚司の部屋へと向かう。

固く閉ざされた僚司の部屋の前で、和弥は一つ小さく息を吸い込みドアをノックした。

「失礼します」

声をかけてドアを開ける。僚司はノートパソコンに向かって何か作業をしていた。

「何の用だ」

僚司の声は険しいものだった。

「さっきは、すみませんでした」

あやまる和弥に、僚司は作業の手を止める。そして立ち上がるとゆっくりと和弥へと歩み寄った。

「俺が仕事を教えねぇから、日高に鞍替《くらが》えしようと色仕掛けで迫りましたってか？」

皮肉を込めた僚司の言葉に和弥は目を見開いた。

「何を…言って……」

「日高なら優しいし、おまえのこと気に入ってるから手取り足取り教えてくれるだろうよ。それこそベッドの上での楽しみ方もな！」

「そんなこと……っ、日高先生はそんな人じゃありませんっ！」

和弥がそう言った瞬間、僚司の顔からすっと表情が消えた。

無表情なのに、ビリビリと伝わってくる怖いほどの怒りの気配に和弥の腰が引ける。だが、僚司は和弥の腕を乱暴に摑んで引っ張り、ベッドの上へ突き飛ばした。うつ伏せに倒れ込んだ和弥が起き上がろうとするより早く、後ろから僚司がのしかかってくる。

「あ……」

戸惑ったその間が命取りになった。僚司は脱ぎ散らかしてあったバスローブの腰紐を取ると、
それで和弥の両手を縛り、そのままベッドヘッドの飾り鉄柵《てっさく》にくくり付けた。

「やだ……、先生、なんの真似ですかっ！」

嫌な予感——というよりも確信に和弥の背に冷たいものが走る。そして、それは間違ってはいなかった。

「やらせろよ、どうせ日高にもやらせたことあんだろ？」

「そんなわけ……っ、あ！」

僚司の手が和弥のジーンズの前を外し、そのまま強引に下着ごと引き下ろされる。

「や——っ！　イヤだっ」

背筋を恐怖が這い上って、和弥はもがいた。だが、どうもがこうと固く縛られた手は自由にはならず、逃げることなど不可能だった。

それが分かっているからこそ、僚司は和弥の抵抗をどこか楽しむように足からジーンズを引き抜いた。

下肢だけを露《あらわ》にされた頼りない姿に和弥はとにかく少しでも僚司の目から逃れたくて、背を向けるようにして横向きになり、体を海老のように折り曲げる。

だがそれはほとんど何の意味もなかった。

僚司はベッドサイドの引き出しを開けると潤滑ゼリーを取り出し、たっぷりと手のひらに出すともう片方の指に絡めた。

そして、その指を何の予告もなく和弥の後ろの蕾に突き立てた。

「――い…っあ、あ、あっ」

背を向けていたせいで、僚司が何をしようとしているのか分からなかった和弥は、突然の痛みに体中を強ばらせた。

「っ…あ、痛…」

「力抜けよ」

痛みに目を見開き、縛られている手がもがく。それでも僚司の指は止まらず、根元まで埋められた。

「つく……ぅ、う…」

中の指は動こうとしないものの、急に体を開かれた痛みと異物感で和弥の背筋が震える。そしてそのまましばらくした頃、開かれたソコが急に熱くなった。

「や……っ、あ、あ」

熱いだけではない。むず痒《がゆ》いような、そんな感じがあっという間に広がって和弥の腰が悶えるように揺れる。

「…っ、なん、で……」

僚司の指を拒むように締め付けていた内壁が、今は絡み付くように勝手に蠢いていた。

「効いてきたみてぇだな」

その様子を見ていた僚司が、からかうような声で言う。

「先生……っ、何を…」

震える和弥の声は、体の内側から迫り上がる熱に甘く掠れていた。

「潤滑ローション、まぁ媚薬《びやく》入りってヤツだけどな」

言って、僚司は喉の奥で嗤《わら》う。

「やだ……、や……っ」

和弥の状態を分かっていながら、僚司は埋め込んだ指を動かそうとはしない。いや、分かっているからこそ、動かさずに和弥を焦《じ》らしているのだ。

——や…だ……中、が……っ
薬に侵されたソコがどうしようもなく疼《うず》いて、埋め込まれた指で目茶苦茶にかき回して欲しくなる。

けれど、僚司の指は動かない。焦れた和弥は自分で腰を動かしそうになるが、それを必死で堪《こら》えた。

「ふ――あ、あっ」

縛り付けられた手が筋張って、和弥の切羽詰《せっぱつ》まった状態を僚司に教える。僚司は指をほんの少しだけ揺らした。

「あ…あ、あ、あ！　ああっ」

「淫乱」

僚司が耳元で囁く。その声にさえ感じて、和弥は甘い声を漏らした。

「ほら、自分で欲しいだけ動けよ」

僚司はそう言うと指の動きを止めてしまう。

一度刺激を与えられてしまうと、もう我慢ができなくて、和弥は自分から腰を揺らして僚司の指を求めた。

「ああっ、あ、あ、あ――っ」

指が二本に増えて、中を強く穿《うが》つ。一度も触れられていないのに熱く立ち上がった和弥自身からは、透明な滴が零れ落ちていた。

もう喘ぐ声も、揺れる腰も止められなくて、和弥の意識は悦楽に塗り潰される。

その和弥を背中から抱くようにして僚司はもう片方の手を胸へ伸ばした。そして、Tシャツの上からプツリと尖っている乳首を捕らえ、つまみ上げる。

「あ……っ、やだ……っ、や、ダメ」

僚司はつまみ上げた乳首を擦り合わせるように揉みしだく。そのたびに和弥の体に甘い電気が走り、和弥自身がそれに合わせるように蜜を零した。

「——っく、ふ、……っや…ぅ、う……」

薬を使われて体中が敏感になっているとはいえ、自身への直接的な愛撫がないままでは和弥は達することができない。

絶頂はすぐ目の前まで来ているのにイけなくて、和弥の目から涙が溢れた。

「もう…、イきた……っ」

涙交じりで和弥が告げるのに僚司は鼻で笑った。

「イけよ——後ろだけで」

そう言い、三本目の指を和弥の中へと埋めるとそのまま中で指をバラバラに動かした。

「やぅ——っ、あ、あっ」

その指が、この前暴かれた弱い場所を抉って——。

「ぁ———、ああっ」

和弥の前が弾ける。後ろを穿つ指をきつく締め付けながら、体中を震わせて溜め込んだ蜜をすべて吐き出した。

「は……っ、あ、あ……」

絶頂の余韻に震えながら、和弥の体から力が抜ける。その和弥の体から僚司は指を引き抜いた。わざと粘膜を擦るようにして抜け出て行く指に、和弥の唇から甘く濡れた声が漏れる。僚司は和弥の体を仰向けに転がした。

悦楽に唇を震わせ吐息ごとに甘い声を細く漏らしているのに、和弥は目を閉じ、辛そうに眉を寄せていた。その表情に僚司の中に言いようのない気持ちが湧き起こった。

だが、その気持ちを無視するように、僚司は和弥の両足を大きく開かせる。

「ぁ……」

閉じられていた和弥の目が開き、僚司を映した。戸惑いと羞恥《しゅうち》に揺れる和弥に僚司はことさら冷たく笑みかける。

そして見せつけるようにジーンズの前をはだけ、猛《たけ》った自身を取り出した。

「――っ」

和弥の喉が小さく鳴る。

心は恐れを抱き、甘く蕩《とろ》けたままの体は期待をして、相反する二つのものの狭間《はざま》で和弥は体を震わせた。

僚司は猛った自身の先端を物欲しげにひくついている和弥の蕾に押し当てる。

「っふ……あ、あ」

押し当てられているだけのそれを飲み込もうと腰が揺らめくのを感じて、和弥は小さく喘ぎながら羞恥に顔をそらした。

その表情を見ながら、僚司は自身をゆっくりと和弥の中へと突き入れた。

「あ、あ――っ、あ」

蕩けた肉をかきわけながら、僚司が入ってくる。その感触に和弥の体中が悶えた。

「いやらしく腰振ってんじゃねぇよ……」

言い様、僚司は最奥まで一気に貫いた。

「ああっ！」

衝撃に和弥の背が浮く。その和弥の腰を両手で摑むと僚司は思うさま揺らし、突き上げた。

「ひ――ぁ、あ、ああっ！」

僚司を銜え込んだ内壁は乱暴に思えるほどの抽挿にさえ悦んで、和弥の唇からは甘い悲鳴が上がる。

二人の体の間では和弥自身が再び熱を孕んで立ち上がり、蜜を零していた。

僚司はそれに手を伸ばし上下に扱いた。

「いやっ、や…ぅ…あ、あ、ああっ」

蜜を零す先端の穴を押し当てた指の腹できつく擦る。敏感すぎる部分へ与えられる容赦のない刺激に和弥の腰がビクビクと震え、それと同時に先端から蜜が飛んだ。

「ちょっと弄っただけでこれかよ……」

嘲《あざけ》るような僚司の言葉に和弥の目から涙が零れる。僚司はどこか苦しげに顔を歪ませると、ズルッと抜ける寸前まで己を引き抜いた。そして和弥自身を体で擦り上げるようにして奥まで腰を打ち込む。

「ひ…ぁ、あ……、あ」

突き上げるたび和弥の唇からは甘い声が上がり、下肢からはグチュグチュと濡れた音が響いた。

「犯されて悦んでんじゃねぇよ、この淫乱」

中をかき回すようにして、僚司は自身の先端でさっき見つけた和弥の弱い場所を探る。

「あ…ぅ、あ……あ、あ……っ」

グリッとある場所を掠めた時、和弥の体がビクッと大きく震えた。それと同時に僚司の体で擦り上げられていた和弥自身が蜜を噴く。

「やぁあ…っ、あ、そこ……や…、やぁぁっ！」

逃げようと悶える和弥の体を押さえつけ、僚司はそこを執拗に突き上げた。

「ひ……あああっ」

突き上げられるたび、和弥自身がビクビクと痙攣して蜜をトロトロと零す。

「もう……や……っ、あ、や…だめ、いく……また、あ、あっ」

涙で濡れた顔は繰り返し訪れる絶頂に歪んだ。それでも突き上げられるたびに和弥自身は蜜を噴き出す。

「い……っ、も…や……っ、あ……！」

もうまともな言葉など出てこなかった。頭の中がすべて悦楽に塗り潰されていく。そして内壁が僚司に抉られるように突き上げられることを悦んで、僚司に絡み付く。

僚司はその反応に薄い笑みを浮かべながら腰の動きを速め、和弥の体を追い上げた。

ドロドロに蕩けているのに、和弥が達するたびに内壁が締まる。

「は……ぅ、あ、あ、あ……っ」

過ぎた悦楽はすでに和弥には苦痛でしかない。分かっていて僚司は蜜を零し続ける和弥自身の先端を指先で揉み込んだ。

「ぁっ、あああああ——っ！」

甘い叫声とともに和弥は見開いた瞳から涙をポロポロと零し、全身をガクガクと痙攣させながら細く長い蜜を噴いた。

それと同時に僚司を銜え込んでいる肉襞がキツく収縮し、僚司を締め上げる。

その締めつけを楽しみながら、僚司は和弥の腰奥に熱を放った。

「——っ」

体の中に放たれる感触に和弥の唇が声もなく震え、そしてゆっくりと目を閉じた。

ガクリと力を失った体は、それでもまだ銜え込んだままの僚司を愛撫するようにヒクヒクと痙攣する。

その感触に目を細めながら、僚司は意識を失った和弥の唇にそっと口づけた。

5

スタジオの中は酷く静かだった。

ささいな衝撃でブツリと切れてしまいそうな緊張感がスタジオを満たしていた。

その原因は、僚司だ。

怖いほどに上機嫌だった時とは正反対に、僚司の機嫌はこれまでにないほどの最低最悪な状態だった。

僚司の機嫌が悪くとも、いつもならそれをフォローするように和弥が気を使って空気を和ませていたが、その和弥もまったく元気がない。

そんな状況でモデルたちがいい表情を作れるわけもなく、僚司は小さく舌打ちした。

「休憩」

短く言ってカメラから離れる。

和弥は急いで僚司のコーヒーを休憩用のテーブルに用意した。だが、僚司はそれを一口飲むなり、そのコーヒーの入った紙コップを和弥へ投げ付けた。

「熱っ」

「どこのコーヒーだよ、それ」

「すみません、今日はいつもの店が休みで」

スタジオ撮影の時、僚司が飲むコーヒーは決まった店のものだ。和弥はいつもその店のコーヒーを水筒で購入してくる。

今日はその店が棚卸しで休みだったので、仕方なく別の店のものを買って来たのだが、それが気に入らなかったらしい。

「ったくてめぇは使えねぇな！」

「すみません」

和弥は謝って、落ちた紙コップを拾い、床をティッシュで拭いた。

「ちょっと、今の酷すぎ！」

一部始終を見ていたモデルたちの中、口を開いたのはヒナだった。

「お店が休みなのは和弥ちゃんのせいじゃないじゃない！　最近先生横暴すぎるよ」

「うるせぇんだよ、おまえは。えらそうに言うなら、カメラの前でちゃんと表情つくれ」

他のモデルたちに比べ、ヒナはコンスタントに表情をつくれてはいたが、それでもいつものヒナではなかった。

だがヒナは怯《ひる》むことなく言い返す。

「つくれるようにするのだって先生の仕事でしょ！」

「どんな状況でも表情つくるのがプロだろうが。おまえは同年代のモデルの中じゃキャリアもあるけどな、キャリアがあるってことはフレッシュじゃねぇってことだ。今の人気にアグラかいてるとあっという間に落ちるぞ」

「――っ」

ヒナの顔が一気に怒りに染まる。それに和弥が割って入った。

「ヒナちゃん、いいんだ。俺が悪かったんだから。支店の方は開いてたんだし、そっちへ行けばよかったんだ。ごめんね、ヒナちゃん。先生、すみませんでした」

頭を下げる和弥に僚司はおもしろくなさそうに立ち上がった。そしてそのままスタジオから出て行く。

扉が閉まった時、どこからともなく安堵の吐息が漏れ、緊迫感が霧散する。

「和弥ちゃん、大丈夫？　ヤケドしなかった？」

心配そうにヒナが和弥のコーヒーに濡れたTシャツの裾を摑んだ。

「大丈夫、ありがとうヒナちゃん、庇ってくれて」

笑う和弥にヒナが眉を寄せる。

「せんせー、どうしちゃったんだろ……。今までだってせんせーの機嫌が悪い時あったけど、それでもせんせーならちゃんと撮ってくれるって信頼できた。でも、今のせんせーは違う……」

そのヒナの言葉に、和弥は一言も返すことができなかった。

あの日の翌日、和弥が目を覚ましたのは僚司のベッドの上だった。すでに昼近くになっていて、一人で仕事に出掛けたらしく僚司の姿は部屋にはなかった。

ベッドのシーツは綺麗に敷かれていたわけではなかったが、新しいものに喚えられていて、和弥の体も拭いてくれたのかベタついたところはなかった。

それでも解放された手首に赤い跡が残り、起き上がることさえかなり困難な状態だった。

あのあと、何度意識を失っても揺り動かされて貪られた。

泣いて許しを請うても、無駄でしかなかった。

解放されたのがいつかなんて覚えてもいない。

僚司に会いたくなくて、和弥は痛む体を押して夕方にアパートへ戻った。

それから三日間、和弥は仕事を休んだ。

体が不調だったのは最初の一日だけで、あとの二日は僚司に会うのが怖かったからだ。

それでもいつまでも休んでいるわけにもいかなくて、四日目にようやく仕事に戻ったが――

僚司との間は最悪だった。

今までどれだけ機嫌が悪くても、モデルにまで当たり散らすことなどなかった。

そして和弥に対しては、今のように怒鳴りつけてくるのはまだマシだ。

いつもは口をきくことも、目を合わせることもない。

不機嫌な僚司の気配を間近に感じながら、それでも二人の間は沈黙が支配していた。

沈黙だけが、今の二人の均衡を保っていた。

今までと違い、家に戻ればすぐ僚司は外へ出て行く。そのため和弥は食事の準備をすることもなくなった。

仕事で使った荷物を直し、和弥はユーティリティースペースへ入った。

机の上には昨夜、僚司が受けたらしい仕事のメモが置かれていた。こんな仕事の連絡さえ、口頭ではなくただメモなのだ。

――とことん呆れられたんだな、俺……。

ふと、脳裏にあの夜の自分の浅ましい姿が蘇って血が上る。

嫌だと泣いて、それでも何度も蜜を撒《ま》き散らして。

触られるすべての場所から悦楽が湧き起こって、どうしようもなかった。

――淫乱――

見下したような僚司の声が耳の奥から離れない。

呆れられて、見放されて、もう弟子だなんて言ってもらえなくても当然だと思う。

――それならそれでもいい。せめて仕事だけはちゃんとしなきゃ……。

僚司が自分をクビにしない限りは、やるべき仕事はしなくてはならない。

和弥は僚司が受けたもの以外にも、留守にしていた間にメールやＦＡＸで依頼のあった仕事を表にして組み始めた。

僚司の仕事を組んでいるのはすべて自分で、だからスケジュール日程は多分僚司よりも把握している。

だが、この前休んだ三日の間に僚司が受けてスケジュールに組み込んだ分がちゃんと頭に入っていなくて不安になった。

「他にメモはもうなかったよな……」

手元のメモと照らし合わせて、手帳とパソコン画面のスケジュールとを確認する。

三度確認して、和弥は納得しパソコンの電源を落とした。

◇◆◇

三日後、午前中のロケの仕事を終えた二人は別々に昼食を取ったあと、午後からのスタジオ撮影の仕事に入っていた。

僚司との不安定な沈黙は継続されたままだったが、僚司の不機嫌さがモデルへ向けられることはなくなっていて仕事は順調だった。

そして一時間ほどが過ぎたころ、突然一人の男がスタジオに入って来た。それは馴染みのモデルクラブのマネージャーの長田《ながた》という男で、勝手知ったる、といった様子で撮影している僚司へ

と近づくと、

「南雲先生、あとどれくらいでここの撮影終わります？」

そう聞いた。

「あと三時間くらいじゃねぇか？」

撮影を続けたまま、鼻で笑って僚司は言う。それに長田は肩を竦《すく》めた。

「三時間って——また冗談言って。で、あとどれくらいです？」

再び同じことを聞いた長田に僚司は撮影の手を止めた。

「どういう意味だ」

「時間が押すのはいいんですけど、うちもモデルがスタンバった状態なんで——」

その言葉に僚司の顔色が変わる。

「和弥っ、どういうことだ！」

怒鳴りながら和弥に詰め寄った。

「俺……ちゃんと確認して、長田さんとこの仕事は明日の午後……」

それはあんなことがある前に和弥が直接聞いた仕事だった。確かとても忙しい日で——。

「今日だよ！　今日の午後から！　変更の連絡だって来てないし、こっちから変更してくれって言ったこともない」

長田がそう言った瞬間、和弥はあることを思い出した。

あの日はとても忙しくて、長田の電話を受けた時はちょうどキャッチだったから仕事の日程など最低限のことだけを聞いて壁にかけてあったカレンダーにとりあえず書き込んだのだ。

その時に一日横にずれて、あとで直そうと思って、忘れていた。

一日ずれたまま、仕事のスケジュールを組んでしまったのだ。

和弥の顔が真っ青になった。

ダブルブッキングなどという、初歩的な、そして絶対にやってはいけないミス。

「すみません、俺……」

やってしまった取り返しのつかないミスに視界がグラグラと揺れ出す。

「そんな、あやまられても困るよ！」

長田が金切り声で叫ぶように言い、成り行きを見ていたモデルたちもざわめき始めた。

そんななか、僚司が口を開いた。

「和弥、出て行け」

低い声が冷たく告げる。

「先生……」

呆然と呟く和弥を無視するように、僚司は視線を長田へ向けた。

「長田さん、モデルはどこでスタンバってるって？」

「ここの上のスタジオだけど……」

「こっちへ移動させて来て。このあとも仕事つまってるし、ここと並行して撮るよ」

僚司の言葉に長田は一瞬不服そうな顔をしたが、それしか手がないことをすぐに悟り頷く。

「分かりました、すぐ連れて来ます」

「悪いな」

僚司が自分のミスで謝罪の言葉を口にするのが、和弥はたまらなく辛かった。

「先生、俺……」

申し訳なくて、和弥があやまろうと声をかける。それに僚司は和弥の方を見もせずに言った。

「出て行けって言ったはずだ。足手まといになるならいねぇほうがマシなんだよ、いい加減な仕事しかできねぇならやめちまえ！」

スタジオの空気が切り裂かれそうな怒声だった。

「すみません…」

「出て行けって言ってんだよ」

あやまる和弥の腕を摑むと僚司はスタジオの扉まで引きずって行き、扉を大きく開けると和弥を廊下へと突き飛ばすようにして追い出した。

「戻ってくんな、邪魔だ」

そう吐き捨てるように言い、僚司はスタジオの扉を閉めた。

ほうり出された廊下で、和弥はただ呆然と開かれることのない扉を見つめて立ち尽くした。

歩道橋の上から、和弥はただボーっと車の流れを見つめていた。

今まででも役立たずだのなんだのと言われたことはある。それでも『やめろ』とだけは僚司は言わなかった。

――やめちまえ！――

僚司の声が耳の奥で何度も繰り返される。

もう、あれから二時間近くが過ぎていたが、自分がいつあそこを出てここに来たのか覚えていなかった。

ここにこうして突っ立っていても仕方がない。家に帰るなりなんなりすればいい。だが、サイフは他の荷物と一緒にスタジオに置いたままで、ポケットには二十円しか入っていなかった。

――歩いて帰ればいいんじゃん。三時間も歩けばアパートに着く。

そうは思うけれど、足は動こうとしなかった。

ただ車の流れを見つめ続ける和弥の頭に、ポツッ、と水滴が落ちた。やがてポツ、ポツ、と腕に、肩に水滴が落ちてきて、やがてそれはあっという間にアスファルト全体を濡らしていく。

――ああ、今日は降るって言ってたな……。

歩道に色とりどりの傘の花が咲き、華やかに雨の世界を彩った。

なのに、和弥の目にはまるでモノクロの古い映画の世界のようにしか見えなくて。

あっという間に髪から雨がしたたり落ちてくる。

どこか雨宿りのできる場所へ入った方がいいのは分かっているのに、動けない。

その時、ふっと和弥の周りだけ、雨が止《や》んだ。

「和弥くん」

後ろからかけられた声。それは日高のものだった。

「日高、先生……」

ゼンマイじかけの人形のようにぎこちなく、和弥は振り返る。

「雨に打たれてる和弥くんもとても魅力的な被写体だけれど、風邪をひいちゃうよ。おいで」

日高は穏やかな笑顔でそう言うと和弥の手を優しく掴み、歩き出した。それにつられ、歩くことを忘れたように動こうとしなかった足が先へ歩みを進める。

日高に連れて行かれのは、和弥のいた歩道橋からも見えるカフェのガーデンテラスだった。ここで撮影中だったようだが、雨で中断しているらしい。

全員、テラスの屋根の下に入って空の様子を眺めていた。その中には当然宮内もいた。

「享、タオルを一枚」

いつ撮影が再開されてもいいように、とモデルの髪をセットしていた宮内は、日高のその言葉に振り向いた。だが、濡れ鼠《ねずみ》の和弥を見ても驚いた顔もせず、バスタオルを一枚手に取り和弥へと近づいた。

そしてバスタオルを広げると頭の上から被《かぶ》せるようにして和弥を包む。

「ちゃんと拭いて」

「ありがとう、ございます……」

雨音にかき消されそうな声で和弥は言いながら、バスタオルで押さえるように髪を拭いた。

「日高さん、ちょっと」

店の中から雑誌社の担当らしき男が日高を呼ぶ。それに日高は軽く和弥の肩を叩いてから呼ばれたほうへと向かった。

ずぶ濡れの和弥に現場スタッフやモデルたちが視線を向けてくる。僚司の弟子として和弥の顔は知られているし、その和弥をどうして日高が連れて来たのかと興味津々なのだろう。

だから、和弥は頭から被ったバスタオルを外すことができないでいた。それに宮内がさりげなく立ち位置を変えて、和弥を自分の陰に入れ、彼らの視線から隠す。

その優しさに涙が溢れそうになった。

「和弥くんに最初に気づいたの、僕なんだよ」

和弥の返事を期待していない様子で宮内は言った。

「歩道橋の上に突っ立ったまま動かない人がいるなって思って、まさか自殺志願者だったらヤなとこ見ちゃうかもなって……。でも、なんとなく和弥くんに似てる気がして、日高さんのカメラ借りて望遠で覗いてみたら、やっぱり和弥くんだった」

　宮内の言葉をかき消すように雨足が強くなる。

「雨が降り出して、それでも和弥くんが動かないから撮影が中断して戻って来た日高さんに教えたんだ。あの人、血相変えて傘持って飛び出してったよ」

　クスッと宮内が笑う。

「あんな日高さん見るの、久しぶりだったよ。……和弥くんのこと、本当に大事なんだなぁって思った」

　その言葉に和弥は弾かれたように顔を上げ、宮内を見た。

「そんな顔しないでよ。……日高さんに好きだって言われたんでしょう？」

　宮内は穏やかな表情をしていたが、和弥は答えられずに俯く。ただ、答えずにいたことはそのまま宮内の言葉を肯定することになった。

「和弥くんの気持ちがどうなのかは知らないけど……僕に遠慮とか、そういうのしないでいいよ。僕が勝手に日高さんを好きなだけだから」

　宮内は静かな声でそう続ける。だが和弥はどう返していいのか、まったく分からなかった。自分が今何を考えているのかさえ分からなくて、ただレンガ畳を激しく叩く雨を見つめていた。

　結局、もう雨は止まないだろうという判断で、撮影は中止になりすぐに現場の撤収が行われた。

　和弥も何か手伝おうと思ったが、他のスタッフたちに「僚司と何があったのか」と興味半分で聞かれるのが嫌で、そのままそこにいた。

「和弥くん、行こうか」

片付けを終えた日高が撮影機材を手に、和弥に声をかける。

「送るよ」

「いえ、あの、電車で帰りますから……。お金貸していただけませんか？」

「遠慮しなくていいよ、俺の仕事は今日はこれで終わりだから。家に帰るついでに送るよ」

それに和弥が口を開こうとした時、

「それに和弥くん、そんなに濡れてるんだから電車のクーラーで本当に風邪ひいちゃうよ。安心して、この前みたいなことはしないから」

自戒の交ざった苦笑を浮かべ、日高が続けた。

「いえ、そんなことは……」

「じゃあ、送らせて」

断ることができないまま、和弥は日高に送ってもらうことになってしまった。

「日高さん、また明日」

カフェの駐車場へ向かう日高と和弥に、モデルと話していた宮内が手を振った。

「ああ、頼む」

「和弥くん、またね」

そう言った宮内は穏やかな笑みを浮かべていて——どんな気持ちでいるんだろうと思うと、和弥の胸が痛んだ。

◇◆◇

「さて、どこへ送ればいいのかな」

カフェの駐車場から車を出したところで日高が聞いた。

「僚司の家の方がいいのかな、荷物置いてるんだよね」

それに和弥は頭を横に振った。

「じゃあ、家?」

「はい……、あ」

頷いたものの、和弥は家の鍵さえスタジオに置いて来たカバンの中だということに気づいた。

「どうかした?」

問い重ねてくる日高に素直に言うと、日高はしばらく間を置いてから言った。

「じゃあ、俺の家に来る?」

「え……」

「だって、仕方がないでしょう? 僚司のところには戻りたくない、家にも戻れない、そのうえお金も持ってないんじゃあ」

確かにその通りだ。けれど、日高の家まで押しかけてしまうのは、悪い気がした——宮内に。

けれど、僚司に会う覚悟も勇気もなくて、結局和弥は日高のマンションへと向かった。

日高の住んでいるマンションはファミリータイプの3LDKだった。

「コーヒーでもいれるよ。ソファーにでも座って待ってて」

日高はそう言うとカウンターキッチンの中へと入って行く。和弥は立ったまま室内をグルリと見渡した。

玄関とこの部屋を見ただけだが、どこも綺麗に片付けられていて、他の部屋もそうなんだろうと思う。殺風景に思えるくらい何もかもがきちんと整えられているのに、ソファーやラグマットなどは日高らしい柔らかな色合いのものばかりで、ホッとするような、そんな空気があった。

「何か珍しいものでもあった？」

両手にコーヒーの入ったマグカップを持ち、日高がリビングに戻って来る。

「いえ……日高先生らしい部屋だと思って」

そう言う和弥に日高は片方のマグカップを差し出しながら聞いた。

「俺らしい？」

「ええ。ちゃんと綺麗に片付いていて、優しい色のすてきな部屋だなって」

和弥の言葉に、ソファーに腰を下ろした日高はマグカップをテーブルの上に置いた。

「俺もそう思うよ。ここに越す時に、家具とか他のインテリアとかカーペットの色とか、全部亨に任せたんだ。亨はセンスがいいからね」

日高はそのまま背もたれに体を預ける。

「仕事で疲れて帰って来ても、ここにこうして座ると落ち着くよ」

「そうですね……」

答えながら和弥もソファーへと腰を下ろす。

宮内は日高が何を望んでいるのかすべてを知っているような気がした。

だから、本当なら和弥の存在が疎《うと》ましいだろうにあんな風に穏やかに和弥に笑むのだ。それが日高の望みだから。

日高が好きだから、日高の望みが分かっているから、日高のそばにいたいから――だから、つらい選択をし続けている、そんな気がした。

静かな室内には、時々窓を叩く雨の音が響く。だがその音さえも、どこか優しく聞こえた。

その優しい沈黙を破ったのは日高だった。

「和弥くん……今日、何があったの？」

問う日高の声は優しかったが、あまりにストレートな問いに思わず言葉が詰まった。その和弥の様子を日高は黙って見つめる。

しばらく間を置いて、和弥はゆっくりと口を開いた。

「スケジュールを組む時にミスをして、ダブルブッキングをしちゃったんです。それで、先生が怒ってしまって……足手まといだから出て行けって、そう言われて」

「ダブルブッキング？」

繰り返された言葉に和弥が頷くと、日高は怪訝そうな顔をした。

「ダブルブッキングなんか、あいつ慣れてるだろ。自分でスケジュール組んでた時でさえよくやらかしてたんだから」

「それは、先生は忙しいから仕方がないです。でも、俺はそういうことが起きないように組むの、仕事だから……」

信頼されて仕事を任されて、それを一瞬で失った。

「仕方がないよ、僚司くらいタイトなスケジュールを今までダブルブッキングなしで組んできたこと自体、凄いんだから。和弥くんが来る前は年に何度かあったよ」

慰めるように日高は言う。だが、和弥は頭を横に振った。

「仕方ないわけじゃないです。……いくらでも確認できたのに、いつもの慣れた仕事だから気を抜いてたんです。だから……」

自分が情けなくてしょうがなくて涙が溢れてくる。

「みんなに迷惑かけて、先生にあやまらせて……っ」

俯いて膝の上にポタポタと涙を零す和弥の隣へ日高は腰を下ろした。そして、声を押し殺して泣く和弥の肩をそっと抱いた。

「和弥くんがそんなに気に病むことじゃないよ。あいつの尻拭いは今まで全部和弥くんがしてきたんだから、それくらいのことさせてもバチは当たらない。あいつはキレやすい男だからカッとして酷いこと言うけど、本心じゃないことの方が多いし、あとで頭が冷えてからは反省もしてるよ」

日高のその言葉に和弥は頭を横に振った。

日高の言うことは間違ってはいない。今までは確かにそうだった。けれど——今回は違う。

——やめちまえ！——

僚司の声が耳の奥から離れない。

「やめろって……今までそれだけは言わなかったのに、やめろって……そう言われて」

言葉を交わすことさえない険悪な状況下で起きた、致命的なミス。

僚司の中で、いろんなものが弾けたのだと思う。結果、出た言葉があれだ。

「もし、それが僚司の本気だったとしたら、和弥くんどうするの？」

日高が奇妙に思えるほど、静かな声で聞く。和弥はしばらく考えて口を開いた。

「…分かりません……」

その答えに、日高はもう片方の手で和弥の手を握り締める。日高の力強い手に、和弥は顔を上げた。

日高は和弥を真剣な顔で見つめ、言った。

「俺のところに来る気はない？」

「日高先生……」

「写真のことなら、俺も教えてあげられる。僚司より、和弥くんを大事にする自信はあるよ。何より、こんな風に和弥くんを泣かせたりしない」

日高の手が和弥の頬に伸び、そっと涙を拭う。

「和弥くんが好きだ」

日高のまっすぐな声とまなざしに、和弥は動けなくなった。ゆっくりと日高の顔が近づいてきて、和弥は目を閉じる。

優しく触れるだけの口づけを何度も繰り返されて、歯列を割って中に日高の舌が入り込んできても、和弥は抗わなかった。

口づけられたままソファーへと押し倒され、日高の唇が首筋へと伝って行く。

日高は優しいし、和弥をきっと大事にしてくれる。

無理なことも言わないだろうし、僚司のところにいるよりも絶対にいい。

——僕は日高さんのことが好きだから——

ふっと脳裏に蘇った宮内の言葉に、和弥の体が震える。それに日高は顔を上げた。

「嫌？」

聞かれ和弥は頭を横に振った。優しく笑った日高は和弥の額に唇を落とし、そっと頭を撫でる。

こんな風に、きっと、ずっと優しくしてくれる。

自分だけを見てくれる。

このまま流されてしまえばいい——。

日高の手が、そっとTシャツの裾から入り込み、直接胸に触れた。その瞬間、

「——っ」

和弥の唇から嗚咽《おえつ》が漏れ、涙が溢れる。

「和弥くん……」

「…ごめんなさい……俺…」

和弥のズルい考えを裏切るように、涙が溢れて止まらない。

日高が嫌いだというわけではない。

いい人だし、好きだ。けれど——

「僚司が好き？」

日高の優しい声が聞いた。答えることができない和弥に、日高は言葉を続けた。

「和弥くん、いつも僚司のことを見てたからね、そうなんじゃないかなって思ってた」

「ごめんなさい……、先生あんなだし……日高さんのこと、好きになった方がいいって分かってるのに……」

「それでも、僚司のことが好きなんだ？」

問いではなくて、確認だった。和弥は小さく頷いて、込み上げてくる嗚咽を嚙み殺した。

日高は軽く和弥の頭をポンポン、と二度叩き、手を和弥の上からどける。

「仕方ないよね……こればっかりは」

苦笑とため息の交ざった声で日高は言うと、テーブルの上に置いたままのコーヒーを一気に呑んだ。

そしてソファーから立ち上がると、ズボンのポケットから車などの鍵をつけたキーホルダーを取り出した。そのうち一つを外すと和弥の前へ差し出す。

「和弥くん、これうちの鍵」

それがどういう意味なのか分からなくて、和弥は鍵と日高の顔を交互に見た。

「俺、これから出掛けるから。今夜は帰らない。だから、和弥くんは今日はここに泊まって」

「そんな……俺」

和弥は頭を横に振る。それに日高はいつもと同じ優しい笑みを浮かべた。

「だって、和弥くん、僚司のとこへ戻らないと家の鍵ないんだよね？　まだ僚司と顔を合わせられるほど回復もしてなさそうだし。今夜眠るところがないでしょう？」

確かに、日高の言うとおりだ。まだ僚司と顔を合わせる勇気がない。そうなると、和弥には行くところがなかった。

「和弥くん、いろんなこと気にする方だから俺もここにいられればいいんだけど、さすがにそうできるほど大人じゃなくてね。俺は亨のとこにでも転がり込んでるから、和弥くんは遠慮しないで今夜はここにいてくれていいよ」

日高の優しさが胸に痛かった。

どうしてこの人はこんなに優しいんだろう。

そして、どうしてこんなに優しい人を一番に好きになれないんだろう。

「冷蔵庫の物、勝手に食べてくれていいから。それからお風呂とかも好きに使って。それから……」

日高は財布を取り出すと一万円札を一枚抜き、鍵と一緒に和弥に握らせた。

「それから、これは交通費。残りはお駄賃。出て行く時、鍵は下の集合ポストの内側にフックがあるから、そこに引っかけて帰って」

そう言って、日高は言うべきことはすべて言ったかどうか反芻《はんすう》するような間を置き、それから頷いた。

「じゃあ、俺、出てくるから」

「日高さん、ごめんなさい……。ありがとうございます」

和弥のその声に、日高は一瞬辛そうな顔をして、何も言わずに部屋を出て行った。

一人きりになった部屋で、和弥はすべての力が抜けたようにソファーにもたれた。

降り続く雨の音が部屋の中を満たす。

その音を、和弥はただ聞いていた。

◇◆◇

翌朝、いつもの時間に和弥は僚司の家に向かった。

僚司が寝ていると閉まっているはずの門扉も玄関もすべて鍵が開けられていた。

もしかしたら僚司はすでに起きているのかもしれない。そう思って覚悟をしながら、リビングに向かうと、僚司はやはりもう起きていて、リビングのソファーに腰を下ろしてコーヒーを飲んでいた。

「おはよう…ございます……」

恐る恐る挨拶をすると、僚司はちらりと和弥へ視線を投げた。

「ああ」

ぶっきらぼうな声で僚司が返す。

「昨日はすみませんでした」

「おまえの荷物は隣に置いてある」

僚司はそう言って、ユーティリティースペースを指差した。

「ありがとうございます」

和弥がそう返すと、もう言葉は続かなかった。

二人の間に重い沈黙が横たわる。それを破ったのは和弥だった。

「先生、俺、やめさせて下さい」

それはまるで自分のものではないような声だった。

昨日一晩、日高の家でこれからのことを考え続けた。

僚司のそばにいたい。それは真実。

けれど、いられるかと問われたら、答えはノーだ。

昨日のことだけではなく、その前から僚司との関係は仕事に支障を来《きた》すほど悪くなっていた。

もしこのまま僚司の元にいても、僚司の仕事の妨げにしかならない。

いや——そんな綺麗事ではなく、ただ自分が逃げたいだけだ。

僚司に嫌われて、それでもそばにいる勇気がないから。

和弥の言葉に僚司はいくらか間を置いて答えた。

「そうか」

ただ、それだけ。

これからどうするのか、そういうことは一切聞いてはこなかった。

「やりかけている仕事や、事務の整理をしてしまわないといけないので、実際にやめるのは一週間後くらいになります」

「ああ」

「我儘を言ってすみません」

和弥はそう言うと、深く頭を下げ、ユーティリティースペースへ入った。そして扉を閉めた途端、涙が溢れてきた。

覚悟をして言った言葉だった。

引き留められるなんて思ってもいない。

ただ、何の驚きもなく受け止められたことが辛かった。

自分は僚司にとって、いくらでもすげ替えのきく人間でしかなかったことが、辛かった。


それからの日々は、怖いくらいに静かだった。

今まで通り、僚司の撮影について行き、帰ると僚司は出掛けて行く。

和弥はユーティリティースペースにこもって、途中になっていた経理関係の帳簿を整理したり、新しく来る人が分かりやすいようにと仕事の手順をまとめたりした。

ちょうど一週間で和弥は仕事をまとめ上げ、僚司の元を出た。

そして二日後には和弥は住んでいたアパートを引き払い、それ以降、和弥は東京には戻らなかった。

6

「ばーちゃん、いる？」

古い商店の立て付けの良くないガラスのはまった引き戸を開けながら、和弥は家人に声をかける。

インスタントラーメンから蛍光灯、洗濯洗剤にスリッパ、果てはお線香にロウソクまで揃《そろ》う昔ながらの雑貨屋の店主の老女は、店先で買い物に来た近所の客と談笑の最中だった。

「ああ、和坊」

話すのを止め、老女は和弥を見る。

「この前撮った写真、できたから持ってきたよ」

和弥はそう言って、手に持っていた封筒を見せた。それに老女は嬉しそうに笑う。

「もうできたの、見てもいい？」

「うん、じゃあ開けるね」

和弥は封筒から大きく引き伸ばされた写真を取り出し、老女へと渡す。老女は写真を一目見るなり歓声を上げた。

「まぁまぁまぁ、綺麗に撮ってくれて！」

その声に隣にいた客が写真を覗き込んだ。

「まぁ、本当！　随分と若返く見えるわ。和弥ちゃんが撮ったの？」

「うん、先週ね」

「嬉しいわぁ、これでいつ爺さんが迎えに来ても逝《い》けるわ」

九十に手が届こうという老女は、ニコニコと笑顔でそんなことを言う。

和弥が実家の青森《あおもり》に帰って、もうすぐ二カ月になる。

今は実家の果樹園を手伝いながら、街に一軒しかない写真館を手伝っていた。

デジカメ普及のせいでＤＰＥの仕事もほとんどなく、写真館はかなり暇だ。店主は和弥が手伝いに来るようになったのをいいことに、毎日趣味の魚釣りに出掛けている。

おかげで、今や和弥が店主のような雰囲気だ。

そして『東京の有名な先生の弟子だった』という冠のお陰か、和弥に写真を撮ってほしいと訪れる客がちらほらいる。

中には老女と同じく、自分の遺影用の写真を撮影に来る年寄りもいた。

しばらく和弥は老女と話をしてから店を出て、実家へと戻った。

「ただいまぁ」

玄関で靴を脱ぎながら言うと、ダイニングからドタバタと甥っ子の達彦《たつひこ》と秋彦《あきひこ》が走って出て来た。

「和弥兄ちゃんお帰り」

「おかえりー」

まるで和弥の帰りを待ちかねていたような二人は、和弥が口を開くより早く矢継ぎ早に続けた。

「和弥兄ちゃん、川つれてって」

「おかーさんが和弥兄ちゃんといっしょならいいって」

七歳と五歳の甥っ子たちにとって、和弥は格好の『遊び相手』だった。

「川かぁ……」

「ねぇ、つれてって」

「ねぇ、和弥兄ちゃん」

纏わり付いて離れようとしない二人を引きずるようにして、和弥は兄嫁の百合《ゆり》がいるキッチンを覗いた。

「百合ねぇちゃん、こいつら川へ連れてってていいの？」

和弥の言葉に百合は夕食準備の手を止めた。

「うん、連れてってやって。うるさいんだもん」

百合の言葉に二人は歓声を上げて走り回る。

「ついでにそのまんまどっかへ放流してきていいわよ」

和弥が帰って来るまで散々うるさく騒いだのか、百合は半ギレの状態だった。

「こいつらを放流しても、鮭《さけ》になって戻っては来ないと思うけどね」

笑って返しながら、和弥は一度部屋へ荷物を置きに戻った。部屋といってもかつて自分が使っていた部屋は和弥がいない間に甥っ子二人のものになっていた。

和弥が戻って来たのが急だったから、今はそこに間借りをするように生活している。

——そろそろ、一人暮らしすること考えないと……。

東京から戻った和弥を両親や兄夫婦は静かに受け止めてくれた。家族には東京から戻った理由を『東京でやっていく自信がなくなった』とだけ説明しただけだが、特に疑問にも思わなかったのか、何も聞かれなかった。

荷物を置いて玄関に向かうと、すでに二人の甥っ子たちは出掛ける準備を整えて玄関先で走り回っていた。

「五時には戻って来てね。達彦には宿題させないといけないし」

「分かった」

「それから、戻ったら果樹園手伝いに来て」

「うん」

靴を履き終えた和弥は頷いて玄関を出る。そして二人と一緒に自転車で近くの川へと向かった。

猛暑の影響か九月半ばとは思えないような暑さのせいで、川には外にも何人かの小学生が遊びに来ていた。

泳いでいるわけではないが、それでも水をかけあったりしているからみんなずぶ濡れだ。

川に到着するなり、甥っ子たちは自転車のスタンドを立てるのももどかしく、走りだした。

「おい、深いところへは行くなよ」

和弥の言葉に二人は『はーい』と返事はしたが、あっという間に川に突入していく。どうやら友達がいるらしく、早速水のかけ合いが始まった。

その様子を見ながら、和弥は河原に腰を下ろす。

ここでの毎日はとても穏やかで、ゆっくりと静かに時間が流れている。

そのせいか、まだ戻って二カ月も経たないのに、もう何年も前に東京から戻って来たようなそんな気がした。

——向こうにいた時は、忙しかったもんな……。

毎日僚司と一緒にあちこちのスタジオを移動して、丸一日休み、なんて日はめったになかった。あったとしても、そんな日は自分の部屋の掃除をしたり、僚司に見てもらう写真を撮りに出掛けたりで、こんな風にゆっくりと過ごすことなんかなかった。

けれど、あの頃は楽しかった。

今が楽しくないというわけじゃない。家族は優しいし、甥っ子たちも懐いてくれている。

ただ、胸の中に小さく穴が空いてしまったような、そんな空虚さがいつもあった。

——きっと、忙しすぎたから、こんな風にゆっくり過ごすペースにまだ馴染めてないだけだ。

そう理由付けてはいたが、本当は違うことに気づいていた。

でも、本当の理由を認めるのは酷く女々しい気がしてどうしてもできなかった。

自分でやめると決めて、自分の意志で帰って来たのだ。

だから、ここで新しく生活を始めなくてはならない。

分かっているのに、一歩を踏み出せないでいた。

「和弥兄ちゃん」

ふっと和弥の思考を遮るように声をかけて来たのは、顔なじみになった小学校高学年の三人組だ。

「何だよ」

「遊ばないの？　気持ちいいよ」

川遊びに誘いに来たらしいが、和弥は肩を竦めた。

「嫌だ」

「えー、なんでぇ」

三人の口からいっせいにブーイングが上がる。それに和弥は一つため息をついた。

「おまえら、絶対なんか企んでるだろ」

三人は地元では有名な悪ガキで、和弥も一度、河原で寝転んでいた時に顔の上に食用蛙を載せられたことがあった。

それ以外にも、いろいろとしでかしては追いかけ回されている。

もっとも『子供のイタズラ』の範囲内の可愛いものではあったが、それでも警戒するに越したことはない。

「ちぇーっ、疑われてるし」

「フツーに誘いに来ただけなのになー」

「和弥兄ちゃんの年寄りー」

口々に不満を口にしながら、三人は川へと戻って行く。

珍しく素直に引き下がったので拍子抜けしたが、とりあえずおとなしくしているならいいか、と思い直した。

しばらくワイワイとバラバラに遊んでいた子供たちが、ふっと気がつくと三人組のところへ集まりだしていた。

何かあるのか、みんなで輪になって川底を覗き込んでいる。

最初は特に気にはしていなかったが、あんまり全員が動こうとしないので、和弥は気になって川べりまで行った。

「何かあるのか？」

聞いた和弥に、集まっていた子供の何人かが手招きをする。

それに和弥はジーンズの裾を膝までまくり上げ、靴を脱いで川へ足を踏み入れた。そして和弥がその輪に入り、何があるのかと腰をかがめた瞬間、同じように腰をかがめていた三人組の一人が川の水を両手ですくって和弥の顔にかけた。

「わっ！」

それに驚いた瞬間、集まっていた子供たちが笑って歓声を上げて逃げ出した。

「どんくせー」

「かっこわりー」

あの三人組が悪態をつきながら川の中を走って逃げる。

さっき和弥が遊ぶのを断ったから、なんとかして和弥を連れ出そうとみんなグルになってたくらんだらしい。

「おまえら、待て！」

水をかけられた和弥は、怒っていたわけではないが三人を追いかけた。そして捕まえては抱き上げて川の深みへほうり込んでやる。

そのうち無差別に追いかけてやると、子供たちはキャアキャアと声を上げて逃げているが楽しそうだ。やがて子供たちも結託して和弥に水をかけ始める。

そうなるともう全員で頭までびしょ濡れになりながらの水浴びのような状態だ。

ひとしきり遊んで和弥は河原へ足を向ける。

「和弥兄ちゃん、もう遊ばねぇの？」

引き留める声に、和弥はそっちに顔を向け、濡れたTシャツを脱ぎながら返した。

「もう疲れた、おまえらのおかげでパンツまでびしょ濡れだよ」

その和弥の言葉に『ジジイ、ジジイ』と囃《はや》し立てながら、子供たちはまだ川で水のかけ合いをしている。

和弥は脱いだTシャツを絞りながら河原へと上がった。

そして自転車にでも引っかけておこうと、自転車を止めた方へと向かう。だが、その足は何歩も行かないうちに止まった。

目の前に、ある人物が立っていたからだ。

「……先、生…」

そこに立っていたのは僚司だった。

和弥の心臓が驚くくらいの速さで鼓動を刻み始める。

立ち尽くす和弥に僚司はゆっくりと歩み寄った。

「久しぶりだな」

もう、何年も僚司の声を聞いていないような、そんな気がするくらい懐かしさが和弥の中に込み上げる。

「お久しぶりです」

返した声は喉に張り付いて、どこか掠れたような声になった。そのままどっちも口を開けぬまま、沈黙が訪れる。

背後の川では子供たちがうるさいくらいなのに、まるで別世界に切り離されたように二人の周囲だけ、静かだった。

先に口を開いたのは和弥だった。

「撮影か何かでこっちへいらしたんですか？」

その問いに僚司は少し迷ったような顔を見せる。

「いや…おまえに会いに」

僚司の言葉に和弥は呆然と瞬きを繰り返した。

「おまえの家へ行ったら、川にいるって言われて……」

自分の耳が都合のいい聞き間違いをしている。そんな気がした。だがそれを裏切るように僚司は言葉を続ける。

「おまえとゆっくり話がしたい……」

僚司の声は、今まで聞いたことがないくらい真剣なものだった。和弥は戸惑いを表すように視線を宙にさ迷わせる。

「ダメか？」

問われて、和弥は俯いた。

「まだ、帰って果樹園の手伝いしないといけないから……。夜、なら」

「そうか……。じゃあ、時間ができたら駅前のホテルへ来てもらえるか？　三階の三〇五号室で待ってるから」

　僚司の声に、はい、と返事をした時、川の方で秋彦の泣き声がした。

「あ……」

　川の中で座り込んでしまった秋彦の周囲を子供たちが取り囲んでいる。和弥は咄嗟《とっさ》に僚司を置いて川へと駆け出した。

「どうした？」

　聞いても秋彦は泣きじゃくって和弥にすがりついてくるだけだ。

　子供たちの中に一人だけバツの悪そうな顔をした子がいて、その子が関係しているのだろうということだけは分かったが、その子も口を開こうとしない。代わりに近くにいた子供が河原の方に落ちている小さな赤いバケツを指さして答えた。

「水かけるのに秋彦ちゃんがあのバケツ使い始めて、ズルいって怒ったらバケツ投げてきたの。それで、優《ゆう》ちゃんが秋彦ちゃん突き飛ばしたの」

　そんなことか、と和弥は安堵した。

「それは秋彦が悪い。おまえがズルした上に最初にバケツ投げたんだから」

　和弥が諌《いさ》めると秋彦はさらに泣き出した。

「ほら、もういいから」

座り込んだままの秋彦を抱き上げ、秋彦を突き飛ばした子供には『気にしなくていいよ』と言って、河原へと戻る。

そこにはもう僚司の姿はなかった。

そのことにどこか安堵している自分がいて、和弥は複雑な気持ちになった。


夕方になり二人を連れて家に戻ると、母親が和弥を出迎えた。だが『おかえり』と言うよりも早く彼女は、

「あんた、東京の先生とは会えたの？」

そう聞いて来た。

「うん、川で会った。母さん、先生と会ったんだ？」

和弥は言いながら、濡れ鼠の二人を風呂へと急がせる。

「果樹園から戻って来たら、門の前に派手な赤い車止めて立ってたの。ほら、顔は雑誌とかで見て知ってたからすぐに先生だって分かって」

「先生、なんか言ってた？」

「いいえ、何も。ちょっと挨拶して、あんたに会いに来たって言ってたけど、私、あんたがどこに居るか分かんなかったから、百合ちゃんが先生にあんたは川に行ってるって教えてた」

それに和弥は少しほっとした。

「そう」

短く言って、果樹園へ行く準備をしに部屋へ戻ろうとすると、母親が後ろからついて来ながら聞いた。

「先生、あんたに何か用事だったの？」

「用があるから来たんだと思うけど、俺、二人連れてたし、何の用かは聞いてない。駅前のホテルに泊まるって聞いてきたから、夜に行くって言っといた」

それに母親は納得したらしい。

だが、和弥は僚司がいまさら自分に何の用があるのか分からないでいた。

やめる時、僚司や新しく入る弟子が見ても分かりやすいように、全部整理して来たつもりだ。それにもうやめて二カ月も経つのだ。いまさら仕事関係で分からないことがあるとかそういう不具合のことで来たとも思えない。

では、何をしに来たと言うのだろう。

思い当たることは何もなくて、分からないことだらけだ。

——会えば分かる……。

そう思ったけれど、会うのだと思うと緊張した。

◇◆◇

この街に唯一ある駅前のホテルは、いつも僚司が仕事で滞在する時に使うような豪華なホテルではなくて、少しくたびれた感じのホテルだ。

夕食を食べてすぐホテルへ来た和弥は、まっすぐに僚司の泊まっている部屋へ向かった。僚司の部屋はすぐに見つけることができたが、その部屋の前で和弥は立ち尽くした。

インターホンに指を伸ばしてはその手を引く。

そんなことを何度か繰り返して、ようやく和弥はインターホンを押した。

それからすぐ中からドアチェーンを外す音が聞こえ、ドアが開けられる。

そこにいたのは確かに僚司だったが、僚司は困ったのと安心したのとが入り交じったようなそんな表情をしていた。

「こんばんは」

何を言っていいのか分からなくて、とりあえず和弥はそんな間抜けな挨拶を口にする。僚司は大きくドアを開けると、

「中、入って」

そう短く言った。

「お邪魔します」

和弥は他人行儀な会釈をして室内に入った。

室内はどこか煙った感じがして、見てみると机の上の灰皿はタバコの吸い殻で溢れそうになっていた。

灰皿が小さめだということを差し引いても、多分一箱分くらいはありそうだ。

「どうかしたのか?」

声をかけられ、和弥は頭を横に振った。

「いえ、なんでもないです」

以前、僚司が吸っていた量を考えると随分と多い。だが、それを口にはしなかった。

弟子だったころなら僚司の心配をすることは、仕事のうちだったけれど今は違う。僚司の心配は新しい弟子がすればいいんだし、自分がとやかく言うことじゃない。

「そっち座って」

僚司は和弥に椅子を勧め、自分はベッドに腰を下ろした。

小さなビジネスホテルのシングルルームには、ソファーセットなど用意されていない。簡素なベッドとテーブル、椅子くらいだ。

和弥は勧められるまま椅子に腰を下ろそうとして、ふと自分が持って来た物を思い出した。

「あの、先生これ」

お洒落さなどとはほど遠いスーパーのビニール袋を和弥は僚司の前に差し出した。

「母親が、先生に持っていけって」

「何？」

「今日、採れたばっかのぶどうです。荷物になるって言ったんですけど、おいしいから持ってけって」

和弥の言葉に僚司は差し出された袋を受け取り、中からぶどうを取り出した。美しいマスカットグリーンのぶどうを僚司はじっと見つめる。

「おまえの家、ぶどうも作ってるのか？」

「あ、いえ。これは隣の農園からいただいてきたんです。うちの果樹園は、この時期、実のなってるのがなくて」

「ありがとう」

僚司はそう言うと、ぶどうを袋にもどしてベッドの脇《わき》のナイトテーブルの上に置いた。

ぶどうを渡してしまうと和弥にはもうすることも、言うこともなくなってしまった。

椅子に座ったまま、視線をどこへやっていいのか分からなくて、とりあえず足の上に置いた自分の手を見つめる。

どれくらい二人とも黙っていたのか、最初に口を開いたのは僚司だった。

「おまえ、実家へ帰ってたんだな」

「……はい」

小さく和弥は返す。そしてまた、しばらくの沈黙。

「俺はてっきり日高んトコにいると思ってた……」

その僚司の考えを和弥は否定することができなかった。あの日、一瞬でも日高について行けば楽になれると思った自分がいるからだ。

「やたらとアパート引き払うのも早かったし……、そういうの全部あいつが手を回したんだろうなって。そんであいつと一緒に住んで、あいつの弟子になって教えてもらってるか、それともモデルになって写真撮らせてるかのどっちかだろうなって思ってて……」

訥々《とつとつ》とした口調で僚司が話す。その言葉の続きを和弥はただ黙って待った。

「この前、一週間くらい前だけど、あいつに会っておまえはどうしてるって聞いたんだ。そん時に実家に帰ったって言われて……死ぬほどびっくりした」

日高と宮内には実家に帰る前に挨拶をした。宮内は日高を振って実家に帰るのは自分のせいじゃないのかと随分と気にしていたが、そうじゃないのだと——僚司が好きだから、日高のことを受け入れるわけには行かないのだと話すと分かってくれた。

いや『分かる』というよりも『納得した』といった方がいいだろう。和弥が僚司のことを好きだということは、日高と同じように宮内にも知られていたからだ。

「そん時、亨も一緒で、めちゃくちゃ怒られた」

「宮内さんに？」

どうして宮内が僚司を怒ったのか分からなくて、和弥は思わず聞き返した。それに僚司はバツの悪そうな顔で続けた。

「なんでいまさらやめたおまえのこと気にするんだって。いまさら心配するくらいなら最初っから優しくしてやればよかったじゃねぇかとか……あと、日高にもいろいろ言われた」

宮内にしても日高にしても、声を荒らげて怒るところなんか想像もできないが、僚司の様子を見るとどうやら本気で二人は僚司に怒ったらしい。

優しいあの二人らしいと、和弥はそう思った。

「……でも、先生が怒るのは俺がちゃんと仕事できなかった時がほとんどだったし、手際とか悪くて役に立たなくて、凄くイライラさせたと思います。だから、先生が怒ったりするのは当然でしたよ」

それは和弥の本心だ。けれど僚司は頭を横に振った。

「いや、違う」

短く言って言葉を切り、小さく息を吸い込んでから続ける。

「ガキがよくやるだろ、気になる女の子のスカートめくったりとか、わざとブスって言ってみたりとか。あれと同じっていうか……」

想像もしなかった言葉に和弥は目を見開いた。

僚司は一体何を言おうとしているんだろう。いや、言っていることの意味は分かる。子供が気を引きたくてよくやる『好きな子イジメ』だ。

だが、そうなると『好きな子』はこの場合自分だと考えていいのだろうか？　それ以外に考えられないけれど、本当にそんな都合のいい解釈をしていいのか和弥には分からなかった。

「おまえが弟子になりてぇって来た時、最初はまぁ小綺麗なツラしてるって程度にしか思わなかった。けど、俺の好きな写真言ってみろっつった時に、他の連中が点数取りみてぇな賞取った写真あげんのに、おまえだけ北八ヶ岳《きたやつがたけ》の白駒池《しらこまいけ》で撮った写真のこと言ってて気になった。そんで弟子にすることにしたんだ」

「――でも、先生あの時、そんな写真あったか、とかそんな風なこと……」

「恥ずかしかったんだよ」

和弥の言葉を遮るように僚司は言った。

「まだまだ駆け出しの頃で、技術的にも青臭い写真で――でも自分でも気に入ってたから……そういうの見透かされたみてぇで恥ずかしかったんだよ」

それは逆ギレといってもいいような口調だったが、和弥は初めて耳にすることばかりにただ瞬きを繰り返すのが精一杯だった。

「それで、おまえと仕事するようになって、おまえ俺がモデルと遊びに行ったりする時嫌そうな顔すること結構あったし、今までの弟子なら一発でやめてたようなことしたり言ったりしてもついてくるから、俺のこと好きなんじゃねぇかって思うようになって」

自分ではできるだけ隠していたつもりだったのに、僚司にバレていたのが分かって和弥は恥ずかしくて俯く。

だが、考えてみれば日高や宮内にも気づかれていたのだから、僚司が気づかないというのもおかしい話だ。

「それなのにおまえ、ちょっと日高に優しくされりゃフラフラするし…日高に狙われてるって自覚ねぇし、日高はそれに付け込んでおまえを甘やかして自分のモンにしようとかたくらんでるし、そのあげく仕事まで持ってかれるしよ……」

「別にフラフラしたりはしてませんよ？ …優しい人だから、いろいろ話したりとかはしたけど」

それに最後の仕事の話は和弥には無関係だと思う。だがそれには触れず、前半部分だけ、否定した。

「じゃあ、なんで『なかったこと』にしたんだよ、あの夜のこと」

僚司の言うのがあの泥酔して戻った夜のことだとすぐに分かった。けれど思い出しただけで恥ずかしくて頭に血が上った。しかも僚司が覚えていたということに動揺してしまって、和弥はうまく言葉を見つけられない。

そんな和弥の様子を、日高のことを否定しきれないからだとでも思ったのか、僚司は続けた。

「俺も酔ってたし、自制きかなかったから悪いなって思ってたんだよ。だから、おまえにちゃんとあやまって事情も説明して、既成事実があるんだしって押しきってやろうとか思ってたのに、おまえ思いっきりなかったことにするから……。もしかしたら日高のこと好きだから、俺とやっちまったとか、そういうの迷惑なのかとか思ったんだよ。ていうか、思わざるを得ないだろ?」

「だってそれはっ」

そのままズルズル誤解しそうな僚司に和弥は慌てて口を開いた。

「それは……先生が酔ってしたことだから、そんなことあったって先生が知ったら気まずいかなって思って……。仕事に差し支えたりとかしたら弟子でもいられなくなるから…先生のそばにいたかったから、それならなかったことにするしかないって、そう思って」

言ってるうちにどんどん恥ずかしくなって、語尾はほとんどゴニョゴニョと怪しかった。

「それは、俺のこと好きだったからそばにいたかったたって思っていいのか?」

聞いてくる僚司の言葉に、和弥はコクンと頷いた。

「今でも?」

再び頷く。

「すげぇ酷いこととか言ったし、あんなこともしちまったけど、それでも?」

「……好き、です…」

俯いて、耳をすましてなければ聞き取れないほどの小さな声で和弥は言った。それに僚司は大きくため息をついた。

「ああ……やべぇ、俺、今死んでもいいって気がしてきた」

僚司はそう言うとベッドから立ち上がり、和弥の前に膝をついて下から顔を覗き込んだ。

「俺、ガキの頃からモテたから、告白はされたことあってもしたことねぇし、だからうまくは言えねぇけどさ……俺のとこへ帰って来てくれないか」

見たこともないくらい、真剣な顔をした僚司がまっすぐに自分だけを見つめて言う。

「おまえがいねぇと、俺、全然ダメだってこの二カ月ですげぇよく分かった。これからは我儘とか言わねぇし、ちゃんと一生大事にするから、俺のモノになってほしい」

まるで恋愛初心者のような、ストレートな告白。それはまったく僚司らしくなくて、でもそれが嬉しくて、和弥は頷いた。

それを見た僚司が幸せを嚙み締めるような表情をする。その表情をじっと見ていた和弥だったが——。

「あ、でも、すぐには無理です。それでもいいですか？」

その言葉に僚司が眉を寄せた。

「なんで」

あからさまに不満そうな僚司に、和弥はちょっと笑う。

「俺、今街の写真館で働かせてもらってるんです。だから、明日やめますって言ってもすぐには無理だし。それにうちの果樹園、これからリンゴの収穫期なんです。俺のこと完璧《かんぺき》に戦力に数えられてるから……。ダメですか？」

それに僚司は渋い顔をした。本音を言えば明日、自分が帰る時に無理やりにでも連れて帰りたいのだろう。だが、ついさっき我儘は言わないと言ったばかりなこともあって、かなり渋々といった様子で頷いた。

「……仕方ねぇけど、どれくらい」

「二カ月…くらい」

和弥の言葉に僚司は項垂《うなだ》れる。

「あ、でもできるだけ早く先生のトコへ行けるようにしますから…だから、あの、住むところとか探してもらっておいていいですか？」

そう言った和弥に、僚司は項垂れていた顔を上げ、それから心底呆れた様子で言った。

「おまえ、鈍すぎる」

「…え？」

何か変なことを言っただろうかと不安になる和弥に僚司が言った。

「普通『一生大事にする』っつったら、プロポーズだろ？　プロポーズっつったら結婚だろ？　結婚っつったら一緒に住むに決まってるだろうが」

そう言われて和弥の顔が真っ赤になる。普通に『好きだ』という意味だけの『一生大事にする』だと思っていたのだ。まさかプロポーズまでとは思わなかった。

「なんか……おまえとの仲がややこしくなったの、絶対俺だけのせいじゃねぇよな。おまえが鈍すぎるっていうの、絶対あるよな」

恨みがましく言う僚司に、和弥はただごめんなさい、とあやまるしかなかった。

「そんなだから酒屋の店員に色目使われてんのにも気づかねぇんだよ」

だが、続けられた言葉に和弥は首を傾げる。

「……酒屋の店員？」

「いつもうちに酒の配達に来てたクソガキだよ！　アイツおまえに言い寄ろうとしてたんだよ。毎回毎回、配達のたびにいろいろオマケ持って来てはテメェの気を引いてたじゃねぇか」

「言い寄るって、そんな。ただのサービスでしょう？　先生はお得意さんなんだし」

確かに割引券や、キャンペーンの景品をくれたけれど、客商売なんだから当然だと思う。

「おまえが来てからなんだよ、あのクソガキがそんなモン持ってくるようになったのは……」

だから、僚司は配達店員とケンカをしたのだろうか？　自分を守るために？

そう考えると酷く嬉しくて、『マジで鈍い』と僚司は責めるように呟いたが、和弥はただ笑った。

今夜は帰れない、と家に電話をして。

その電話を切った三秒後には、もうベッドの上に押し倒されていた。

抗議する間もなく口づけられて、歯列を割って入り込んできた舌が和弥の口腔を無遠慮に嘗め回す。

タバコの味のする口づけに、和弥はあることを思い出した。そして、唇が一度離れたとき、和弥は見下ろしてくる僚司の顔を見つめながら聞いた。

「先生……」

「何?」

甘やかすように和弥の髪を撫でながら僚司は問い返してくる。

「仕事で北海道行った時……俺にキスしました?」

その言葉に僚司は『マズイ』とでもいうような顔をした。もうその顔だけで答えは明らかだったが、僚司はしばらく間を置いてから答えた。

「した……。おまえ、ワイン飲んで寝ちまって、揺すっても起きねぇし、キスくらいならいいかなって。次の日は、あんまり可愛い顔で寝てっから……途中で起きたから死ぬほどビビった。——おまえ、それ覚えてて今まで知らねぇフリしてたのか?」

「いいえ、忘れたっていうか、昔飼ってた犬に嘗め回される夢を見てたから……。でもその時、今みたいに口の中苦くなったの思い出して」

和弥の説明に僚司は苦笑する。

「なんだよ、俺は犬と同レベルかよ」

そう言って、頬をわざとベロリと嘗め上げた。そしてそのまま再び唇を重ねる。

遊ぶように触れるだけのキスを繰り返したあと、再び侵入してきた舌が和弥の舌を絡め取った。

クチュッと唾液の音が聞こえ、和弥の体に震えが走る。

口づけたまま、僚司は手を下肢へと伸ばし、ジーンズ越しに和弥自身を捕らえた。ジーンズの中で熱を孕みかけた自身にイタズラするように、僚司の手が動く。

「…ぁ、あっ」

喘いだ瞬間、唇が解放され声が零れた。その声の甘さに和弥の頬が羞恥に染まる。

だがその和弥に優しく笑みかけ、僚司は囁くように言った。

「服、脱がせていい?」

その言葉に『はい』と答えるのも間抜けな気がして、和弥は自分の手でTシャツの裾を半分までたくしあげた。その様子に、僚司は一度和弥の体の上から自分の体をどける。

「自分で脱いでくれんの?」

確かにその意思表示だったが、口にされるとなんだか凄くイヤラしいことをするような気持ちになった。

だがそれを押し隠すように和弥はわざと乱暴にTシャツを脱ぎ、その脱いだTシャツを僚司に投げ付けた。

「じっと見てないで、先生も脱いで下さい」

ちょっと睨みつけるようにして言うと、僚司は苦笑した。だが和弥の投げつけたTシャツを簡単に畳んで、さっき和弥が座っていた椅子の背に掛け自分も着ていたTシャツを脱いだ。

そしてベッドから一度下りると躊躇することなく自分のジーンズに手をかけ、和弥は思わず目をそらした。その和弥に今度は僚司が注文をつける。

「おまえもちゃんと脱いで」

笑みを含んだような声に羞恥を煽られながら、和弥はベッドの上に座ったまま、ぎこちない動きで下着とジーンズを一緒に脱いだ。

まだ僚司が脱いでいる気配がしたが、恥ずかしくて和弥は僚司から顔をそらす。だが、すぐに僚司がベッドの上に戻ってきて、和弥の顔をそっと自分の方へと向かせた。

「真っ赤になってる」

そう指摘するとますます赤くなる和弥が可愛くて仕方がない。

「今日は今までの分も優しくするから……」

囁いて、和弥の体を押し倒した。軽く触れるだけの口づけを落とし、そのまま僚司は唇を首筋へと辿らせた。

その感触がくすぐったくて、少し体を捩《よじ》ると押さえ込むように体をぴったりとつけられる。今まで僚司がちゃんと服を脱いでいたことがなかったせいか、直に触れる肌の感触が酷く恥ずかしかった。

僚司の唇が鎖骨を通り、そして胸へと到達する。ささやかに尖って存在を主張する乳首に僚司は甘く吸いついた。

「――ぁ」

背中を甘い痺《しび》れが走り抜ける。僚司に触れられるまで存在さえ意識したことがなかったが、そこは和弥の弱い場所の一つだった。

僚司はもう片方へは指を伸ばして、指の腹で押し潰すようにしたりつまみ上げたりしながら、唇に含んだ側へは甘く歯を立てたり、吸い上げたりして和弥の快感を煽る。

「ふ…ぁ……っ、ん…っ」

胸をいじられているだけなのに、和弥の下肢には熱が集まりだし立ち上がろうとしていた。裸で抱き合っている分、それは隠しようがないのは分かっているが、それでも和弥は足をこすり合わせてなんとかごまかそうとする。

だが、それはやはり意味がなくて、すぐ僚司の手が下肢へも伸びた。そして感じ始めていた和弥自身を捕らえ、上下にゆるやかに動き出す。

「ン…あ…ぁ…っ」

その間も胸への愛撫は止まらなかった。弱い場所を同時に嬲られて、僚司に捕らえられた和弥自身の先端からあっという間に滴が零れ始める。

僚司の手が動くたび、クチュクチュと淫らに濡れた音が響き、それにあわせるように乳首に歯を立てられた。

「や……、あ…っ」

刺激が下肢へ直結して、ビクン、と自身が震え蜜を溢れさせるのが分かる。それがおもしろいのか、僚司は乳首を何度もキツく吸い上げたり、指先で押し潰したりしながら、自身から溢れる蜜を塗り込めるように扱いた。

「──や……、あ、あ…っ、ダメ…待って…待……っ」

腰が悶えるようにビクビクと震えて、上り詰めそうになる。その寸前で僚司は胸から顔を上げた。自身を捕らえていた指も一度離れ、ほっとした和弥の体から力が抜ける。

だが、次の瞬間、僚司は和弥の足を摑んで大きく開かせると、蜜を零して震える和弥自身に唇を落とした。

「……い──や、やだっ、や！　先生っ」

口でなんて、今まで経験がなくて、しかもそれをするのが僚司だなんて和弥は必死で逃げようと体を捩る。

それの僚司は一度和弥自身から唇を離し、視線だけを上げて和弥を見た。

「何がそんなに嫌？」

けれど、僚司の唇は自身の近くにあって、吐息が触れただけでも和弥自身は新たな蜜を先端に滲《にじ》ませる。

「恥ずかしい、から……」

「恥ずかしいだけ？　それなら、我慢しろよ」

僚司は笑ってそう言うと再び和弥自身に舌を這わせた。

「……ぁ、あっ」

わざと見せつけるように、零れ落ちた蜜を嘗め取る。

「や…ぁ……っ、あっ、あ！」

尖らせた舌先で、先端の窪《くぼ》みにねじ込むようにしてグリグリと動かされ、和弥の頭まで突き抜けるような快感が走った。

「ダメ……先生っ！　あっ、あ……」

腰が溶けてしまいそうになって、和弥は必死で逃げようとする。だが、僚司は片手でしっかり和弥の腰を抱き、もう片方の手を後ろの蕾へと伸ばした。

自身への愛撫でヒクついている表面を指の腹で何度も優しく撫でる。その間も、自身の先端の小さな窪みは集中的に攻め続けられて、和弥の頭の中が真っ白になった。

「だめ……や、ぁ……あっ、や……」

腰がガクガクと震えて、声も止まらなくて、どうしようもなくなる。

「先生…ダメ……離して…、もう…出…る……」

言っておかないと、とんでもないことになりそうで恥ずかしいのを押し殺して告げた。それなのに、僚司は和弥を深く銜えこむと同時に後ろに這わせていた指を中へ突き入れた。

「ひ——ぁ、あっ」

大した痛みもなく指が入ってくる。その指が和弥の弱い場所を狙いすましたように突き上げてきて、我慢する間もなく僚司の口の中で和弥は達した。

「あ！　ぁ……あ…っ」

トロトロと溢れる蜜を僚司が嚥下《えんか》しているのが、銜えこんでいる口腔の動きで分かる。それがたまらなく恥ずかしくて、居たたまれなかった。

それなのに、体の中に留まったままの指は相変わらず弱い場所を嬲《なぶ》り続けて、それに合わせるように自身の先端がヒクヒクと震えているのが分かる。

あげく、後ろを穿つ指が増えて——。

「やっ！　あ——っ」

萎える間さえなく、新たな熱が自身に押し寄せる。そんな自分の淫らさに神経が焼き切れてしまいそうになる。

それでも、後ろでも悦くなれることを知っている体は、体内を犯す指を嬉々として受け入れ絡み付いた。

「ふぁ、あ、あっ」

中で指が大きくかき回され、腰から強烈な快感が背筋を駆け上る。

「だめ……そんな…っ、あ、あっ」

足が勝手にもがくようにシーツを蹴《け》った。それでも僚司の愛撫は止むことがなくて、怖いくらいの悦楽が押し寄せる。

何度も僚司が嚥下しているのが分かるから、きっと蜜が溢れっぱなしになっているんだろうと思う。

羞恥とそれを凌駕《りょうが》する悦楽に、もう和弥は体を震わせて喘ぐしかなかった。

「もう、先生……っ、あ、あ……」

掠れた声で哀願するように和弥が僚司を呼ぶ。その声に僚司は一度きつく和弥を吸い上げてからゆっくりと顔を上げた。

それと同時に後ろを弄っていた指も引き抜かれ、和弥はつかの間の解放に体中をヒクヒクとさせながら脱力した。

「和弥……」

優しく名前を呼ぶ僚司の声に、和弥は閉じていた目を薄く開く。

「後ろ、だいぶ柔らかくなってるから、もう入れていい？」

問われて、和弥は頷いた。

「できるだけ、ゆっくりするから」

僚司はそう言うと、和弥の両足を抱え上げてさっきまで指で慣らしていた和弥の蕾へ猛った自身の先端を押し当てた。

「力、抜いてろよ……」

その言葉と共に、体の中に僚司が入ってくる。和弥の体を気遣って、本当に少しずつの侵入だったが、それでもギリギリと狭いそこを一杯まで広げられる感触に和弥は眉を寄せた。そして、縋《すが》り付くものを探すように動く手が、僚司の背中を見つける。

それと同時にグイッと僚司の腰が突き入れられた。

「あ……」

「全部、入った……。和弥、痛いか?」

心配するように覗き込んでくる僚司の手が、そっと頰を伝う和弥の涙を拭う。

「大丈夫…なんか、嬉しくて……。こうして、先生の背中に抱きつけるの、初めてだから」

これまで二回体を繋《つな》いだけれど、その二回とも手の自由を奪われていて、こんな風に僚司に縋ることができなかった。

だからそれが嬉しくて。

「……和弥っ」

「ふぁっ、あ」

体の中に収められた僚司が一際大きくなった感触に和弥は声を上げた。

「おまえ、可愛すぎる……。なけなしの理性総動員して優しくしてやろうと思ってんのに、我慢できねぇだろ、そんな可愛いこと言われたら」

僚司はそう言うとゆっくり腰を使い出す。

「んっ……あ、あっ」

慣れているわけではないけれど、初めてじゃない。前の時も合意ではなくても、体に快感を教えられていたから、体はすぐに僚司の動きに慣れた。

そんな自分の淫らな体を和弥は厭《いと》わしく思う。

また『淫乱』と呆れられるだろうか。

けれど、そんな思いは体の中の弱い部分を抉るように突き上げられた瞬間に飛び散った。

「やぁっ……あ、あ……っ」

「和弥……っ」

悶える和弥の腰を摑んで、僚司は狙いすましたように弱い場所を抉りながら最奥まで突き上げてくる。

「あぁあっ、あ、あ」

グチュグチュとつながった部分から濡れた音が響いて、二人の体の間に挟まれた和弥自身が僚司が動くたびに擦られて蜜を零す。

「ふあっ、あ、ああ——っ」

強すぎる快感に和弥の眉が強く寄った。

「もう……っ、先生…」

「イきそう？」

甘い問いかけに頷くと、僚司は優しく額にキスをして和弥の腰を抱え直した。

「先、イッていいから」

そう言って、激しく腰を使う。

「ふ…ぁ、あ、あぁぁあっ」

信じられないくらいの悦楽が和弥の体を駆け抜ける。

「ぁ、あっ、溶け……あ、ぁ！」

僚司を受け入れているそこがぐちゃぐちゃに蕩けて、そこから広がる悦楽に和弥の体中が悶える。

「ダメ、もう——だめ、あ、あ、ぁあああ！」

悲鳴というには甘すぎる声を上げ、和弥が蜜を吐き出す。それと同時に後ろが僚司を強く締め付けた。

その締め付けの中、さらに僚司は腰を使う。

「ああっ、あ、あ——もうっ……だめ、だめ……かしくなる…っ」

達して敏感になりすぎている体をめちゃくちゃに揺さぶられ、強すぎる悦楽に和弥は体中を痙攣させる。

その和弥の体を一際奥まで貫いて、

「――っ」

僚司は低く呻《うめ》いて体をブルリと震わせ、和弥の中へ熱い飛沫《ひまつ》を吐き出した。

「ああっ、あ、あ……」

体の中一杯に僚司の放った熱が広がる。その感触に和弥は唇を震わせ、そのままゆっくりと目を閉じた。


ふと目が覚めると、ナイトランプをつけて僚司が何かを口に運んでいるのが見えた。

「先生……？」

呼びかけると僚司がこっちを向いた。

「悪い、起こしたか？」

「いえ…、先生、何してるんですか？」

問いかけると僚司は手にしていたものを見せた。

「おまえが持って来てくれたぶどう食ってる」

「…おいしいですか？」

「ああ」

笑みを浮かべる僚司に和弥も少し笑う。

「良かった……母が喜びます」

「明日、おまえを送ってったら礼言わねぇとな。おまえも食うか？」

その言葉に頷き、手を伸ばそうとしたが、体がダルくてピクッと動いただけで力尽きたようにベッドの上に落ちる。

無理もない。あのあと、さらに二回体を貪られたのだ。

体力の限界はもうとうに超えてしまっている。

その様子に、主に責任のある僚司は綺麗に皮を剝いたぶどうの実を和弥の口へと運んだ。

甘いぶどうの味が口一杯に広がる。

「うまいだろ」

「ええ……」

和弥がそう返すと僚司は和弥の頭を愛《いと》しそうに撫でた。その感触が気持ちよくて、和弥は目を閉じる。

「……東京へ帰る時は、うちで採れたリンゴ一杯持って帰りますね」

今度は、ちゃんと毎日皮を剝いて先生に出してあげよう。

生で食べるのに飽きたらパイにしたり、ジャムにしたり……。
そんなことを考えながら、和弥は再び眠りの淵《ふち》に落ちる。
大好きな人の気配を間近に感じながら……。

End

あとがき

みなさま、はじめまして。松幸《まつゆき》かほと申します。

アルルさまからは「ハジメテ♥」のノベルスなので、今回のあとがきは普通に入ってみました。なんといいますか、毎回、文章の書き出しの部分に物凄く気を使うのです。いわゆる「つかみはOK」な芸風が私を支えてくれているので…ていうか、今「げいふう」を一発変換したら「ゲイ風」って出た……。いつの間にこんな変換率になったのですか、このPC。

未だにお仕事はワープロでしているので、滅多にPCを使わないというのに…仕事以外でも「ゲイ風」とか使う文章を書きすぎてるってことですか？　否定はしませんが……（笑）

さて、私は鹿と大仏の国で細々とジミにBL小説を書かせていただいているのですが……そんな私のもとに一通のメールが届いたのが昨年のゴールデンウィーク直前でした。

アルルさまからの新創刊ノベルスへのお誘い……。まさか、こんな上から読んでも「山本山」くらいの勢いで新人な私（よく分からない例えはやめましょう。減点10）にお誘いがかかることがあるなど露ほども思わず、というか、私の存在を知っている方がいらっしゃるということさえ信じられない気持ちでした。

編集長さまや、担当編集のMさま（一応伏字にしときますね）のおかげで、無事にこうして発行していただけることに、大変感謝しております。

そしてイラストを描いて下さったタカツキノボル先生。他社さまの時に引き続き…すみません、今回も誤字と脱字を満載で原稿をお渡ししてしまいました。以前あれほどココロに誓ったはずなのに、・バカバカバカ、かほちんのバカ〜〜〜！　と自分をボコボコに殴り倒したい気分です。

それにもかかわらず素敵なイラストを描いて下さってありがとうございました！　僚司の格好よさに心臓撃ち抜かれました。あと和弥の腰骨に……眼福の極みでございます…うっとり……。

今回のお話は「とにかく健気で頑張る受け」を目標に書いてみました。和弥の健気っぷりがみなさまに伝わると嬉しいです。ちなみに書いているときに「こんな嫁が欲しい……」と思ってしまったのは私です。本当にいい嫁になるよ、君は（笑）

アルルさまからの2冊目はどうやらもう一人の健気くん、宮内亨さんが主人公のようです。健気度ではこの人の方が上かな？　秋の終わりか冬の初め頃に出していただく予定です。せいいっぱい頑張りますので、よろしくお願いします。

最後になりましたが、この本を読んでくださったすべての皆様に、心より愛（返品不可）を込めて……。

二〇〇五年　まだ服の入れ替えをしていない五月某日　　松幸かほ

同時発売

アルルノベルス
好評発売中！
arles NOVELS

秘恋

何度もこの手に抱く夢を見た。

高岡ミズミ
Mizumi Takaoka

ILLUSTRATION
緋色れーいち
Reiichi Hiiro

姉との秘密を抱え、画家・宏紀は姉の遺言で甥・慶太の後見人となる。そのため、旧華族の嵯江島家の屋敷での暮らしが始まる。嵯江島家当主で美麗な嵯江島祐一は、宏紀とは高校の同期。宏紀はその頃から嵯江島への想いを胸に秘めていた。切ない気持ちを抱えた宏紀は、なにげなく髪に触れてくる嵯江島に胸を疼かせ焦がれて……。

帝王の愛人

――お前は私が買い取った

柳まこと
Makoto Yanagi

ILLUSTRATION
史堂　櫂
Kai Shidou

組を守るために抱かれる…それが若き組長・喬一に課せられた愛人契約。冷酷なマフィア・リカルドに買われ、凌辱の行為で"男に抱かれる悦び"を身体に教え込まれる喬一。心までは許してはいけないはずなのにリカルドの帝王然たる傲慢さと、ふと垣間見せる優しさのギャップに戸惑いつつも次第に惹かれ始めていると気づいた喬一は――！

そのプリンス危険につき！

――おまえの体で私を接待しろ

香月宮子
Miyako Kohzuki

ILLUSTRATION
実相寺紫子
Yukariko Jissohji

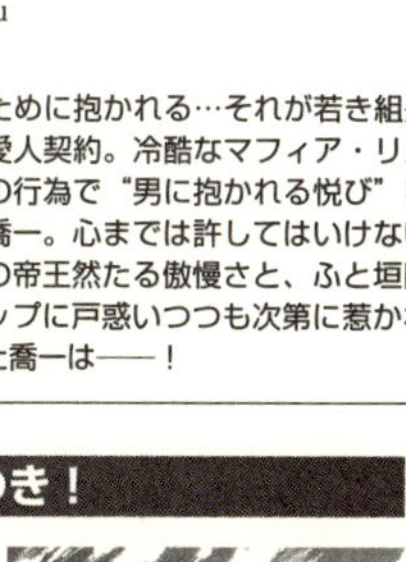

ここは愛と幸せの国、マルカ王国！　門之財閥の高級ジュエリー部門「モンナ・リーサ」の新入社員・葵は入社早々アクシデントでマルカ王国赴任を命ぜられる。そのマルカ王国の金髪碧眼の超美形な王子ジュリアンは、昼はエリート優等生だが、夜はセクシィ・ダイナマイトでキチク。葵はそんなジュリアンに昼も夜もお相手をさせられ……!?

定価：857円＋税

近刊案内

アルルノベルス
7月下旬発売予定
arles NOVELS

LOVE NOTE

なにがあっても、
俺はおまえを手放さない

妃川　螢
Hotaru Himekawa

ILLUSTRATION
あさとえいり
Eiri Asato

元ピアニストの卵で雑誌編集者の和音は、寡黙なミュージシャン・京介と恋人同士になった。京介に愛され慈しまれ、幸せを感じていた和音だが、いつしか自分でも気づかぬうちに、アーティストとして成功を収めている京介に対して葛藤が生まれる。そして和音は彼の隣に並び、共に生きる為にもう一度ピアノと向き合う決心をするが…。

シリアスな白日夢

――おまえの
美しい姿を見せてくれ

伊郷ルウ
Ruh Igoh

ILLUSTRATION
祭河ななを
Nanao Saikawa

空間デザイナーの卵である直哉の前に、クライアントとして現れたファッションデザイナーの三ツ城。直哉は過去に１年間、彼とつき合っていたことがある。なかば棄てられるように別れを告げられ傷ついた直哉は冷静に彼と接しようとするが、もう一度やり直そうと言われてしまう！　傲慢な三ツ城の魅力に惹かれていた直哉は抗えず……。

定価：857円＋税

近刊案内

アルルノベルス
7月下旬発売予定

この恋にきめた！

悪い子ですね、
お仕置きが必要です

宮川ゆうこ
Yuuko Miyagawa

ILLUSTRATION
甲田イリヤ
IlIya Coda

フォトグラファーを目指す大学生の久谷汀は、捜査管理官・鷲高真幸との内緒の恋を育んでいた。だが、汀はバイト帰りに真幸に強引にキスをされているところをバイト仲間の佐々木に見られてしまう。スキミング事件を追う真幸は佐々木の同性の恋人で、ブティック経営者・真北があるスキミング事件に絡んでいることを突きとめるが……!?

偽装愛人

散々俺を煽ったのは
おまえだろうが

水月真兎
Mato Miduki

ILLUSTRATION
桜　遼
Ryo Sakura

天才俳優ともてはやされた烏丸四音は、自動車事故を起こし重体のまま失踪する。その五年後、四音は突然、大学講師・曽根崎の元に転がり込んでくる。四音は怪しげな愛人代行屋『オフィスGIGA』をはじめるが……。そんな四音は曽根崎に、「おまえへの想いを抑えきれない」と十年近くの想いを、濃密に絡みつく愛撫で翻弄されて……!!

定価：857円＋税

ARLES NOVELSをお買い上げいただき
ありがとうございます。
この本を読んだご意見、ご感想をお寄せ下さい。

〒111-0053
東京都台東区浅草橋1-13-3
㈱ワンツーマガジン社　ARLES NOVELS 編集部
「松幸かほ先生」係 ／「タカツキノボル先生」係

無自覚なフォトジェニック

2005年7月1日　初版発行

◆著　者◆
松幸かほ

◆発行人◆
齋藤　泉

◆発行元◆
株式会社 ワンツーマガジン社
〒111-0053
東京都台東区浅草橋1-13-3

◆Tel◆
03-5825-1212

◆Fax◆
03-5825-1213

◆郵便振替◆
00110-1-572771

◆HP◆
http://www.arlesnovels.com

◆印刷所◆
中央精版印刷株式会社

乱丁本・落丁本はお取り替えいたします。

ISBN4-903012-02-6 C0293
Printed in JAPAN